FLORET

READING

小花阅读

我们只写有爱的故事

青春阅读　幸得相见

大鱼

有爱的青春陪伴者

献 给 少 女 的 甜 蜜 告 白 主 题 书

你在什么时候会忽然喜欢一个人

小花作者 著

贵州出版集团
贵州人民出版社

CONTENTS

/ 目录 /

C O N T E N T S

/ 目录 /

Chapter 1　童话镇

因为遇见你，我才拥有了恋爱的天赋。

他喜欢你很久很久

文 / 晏生

我后知后觉地发现
我竟然暗恋周倦。

1

陶苓的日记本:

2008 年 3 月 13 日

今天留下来守晚自习。

天气寒冷，春天没有如期来临。

八组八号的男生趴在桌上睡觉，窗户开着，外面刮大风。我担心他着凉，遂将他叫醒。

早听班上同学说他脾气很差，果不其然——

他瞪了我一眼，踹开门，走出教室。

他叫周倦。

2008 年 3 月 20 日

周倦又惹麻烦了。

学校小卖部失窃，抽屉里少了五百块钱。

中午整个办公室的老师都在讨论周倦，说这事是他干的，我却不怎么相信。

2008 年 3 月 28 日

失窃案水落石出。

万幸，周倦是无辜的。

是我费了点心思查出来的。忙了一星期，心血总算没有白费。

2008 年 4 月 4 日

陈老师从今天开始休产假，由我正式接手这个班，我成了这群孩子的新班主任。

下午的物理课上，周倦竟然没有睡觉。

他盯着黑板，不知道在听课，还是在发呆？

2008 年 4 月 15 日

自从当上班主任，我和班上的孩子们接触渐多。

他们这个年纪，和同桌斗嘴争执的小事也惊天动地，好似天塌下来，一个个跑来跟我说。

他们开始信任我。

除了周倦。

2008 年 5 月 10 日

课间操解散后，他恰巧走在我旁边。

这是他第一次主动跟我说话。

他说，你为什么总是帮我？

我想了想。

可能是因为小机。

不知道为什么，他总让我想起小机。

……

我合上陶苓的日记本，不想再看下去。房间里过分安静，外面的路灯一盏盏亮着，窗户没有关，春天的夜雨飘进来。

不知道在地板上坐了多久，双腿发麻动弹不了，像被无数只蚂蚁啃噬。

我不知道陶苓什么时候有了记日记的习惯，拿在手里厚厚的一本，像字典。而周倦这个名字，是她“字典”里出现的高频词。

天快亮了，我去卧室换衣服。

床上的被子隆起一块，里面的人睡得沉，对一切毫无察觉。

他一向浅眠，只要发出一丁点动静就能吵醒他。看来他说前阵子项目出了问题工作很忙，不是撒谎，他是真的很累。

我在朦胧的晨光里，盯着那张脸看。

如果他醒着，一定会被吓到。

但偏偏——他就是醒了。

他睡眼惺忪，语气不善地问：“陶杌，你干什么？”

我发誓，我在他的眼睛里看到了抵触和提防。我想尽量让自己脸上的这个笑显得轻蔑和不屑，这样才能表现出我的不在意。

“我们结婚了，”我笑了笑，“我想看你就看你，想睡你还能睡你，周倦。”

在周倦面前口出狂言大放厥词，一般下场会很惨。

但我控制不了自己。

陶苓一直说，在她认识的人里面我是最不识时务的那一个，从来不会看人眼色，也不懂迂回，总是正面刚，所以常常吃亏。

可我不想识时务，我觉得活着就该随自己的心意。

2

我叫陶杌。

名字里的第二个字读 wu，第四声，跟“雾”同音。陶杌，念起来跟梼杌一样，是上古四大凶兽之一。

被取这么个名字，可见我多不受人待见。

身边熟识的朋友大多管我叫老 π，因为“杌”字的半边看起来很像圆周率 π。

只有陶苓，永远字正腔圆地叫我陶杌。她喜欢说“陶杌，不准进我房间”“陶杌，你要敢乱动我的东西你就死定了”“陶杌，你个猪脑子”……

陶苓骂人的时候，板着脸，刻薄尖锐，很像爸爸。

她才是真正属于这个气氛严肃的高知家庭的孩子，她跟爸爸一样，一样聪明过人，一样热爱物理，是那个领域的天才。

她一直是爸爸的骄傲。

而我是这个家的污点，就像一幅精美绝伦的传世画作上，被上帝之手误落下一点墨痕。

我是陶苓的妹妹。

在很长的一段时间里，我并不愿意承认这个事实。

但是，她的确是这个世界上与我最亲近的人，也是她将周倦带到我面前。

说起来，日光之下并无新事。

唯一不平凡的，是这个故事里的主角，他们个个不凡。当然，除了一无是处的我。

十年前，陶苓在网络上火了一把，最夸张的时候，甚至有记者来我家楼下蹲点。A 大最年轻的物理学女教授、天才女博导，是外界赋予她的称号。

爸爸因此而自豪。

但是陶苓因为一个叫程仲的男人跟家里闹翻了，跟最爱她的爸爸站在对立面。

陶苓脑子聪明绝顶，学习和工作上都厉害，但是谈起恋爱来，真的要命。都说爱情让人盲目，我站在旁观者的角度一眼就能看出程仲对她的敷衍和不用心，可她偏偏要陷进去。

她把程仲带回家，爸爸把程仲赶了出去。

陶苓一气之下去支教了。

那个地方叫白淞湖县，名字听起来美，但是穷。

听到陶苓离家出走的消息时，我在酒吧里，心里暗暗打赌，她在一个月之内会回来的。结果转头就看见程仲搂着个女人靠在墙壁那边亲热，我冲过去揍了他一顿。

虽然我看不惯陶苓，但我不觉得别人可以肆意伤害她。

走出酒吧，刚好接到她打来的电话。

“你是不是又在外面没回家？”她问，语气一如既往地能给人添堵。

“我跟程仲打了一架。”我告诉她。

“有没有受伤？”

“当然没有，我是偷袭的。再说，他那样子一看就是喝多了，我对付他绰绰有余了。”

我本来想把“程仲是个人渣”这句话对着电话大骂八百遍，现在却突然有点不忍心告诉她。

我很少有心疼陶苓的时候，毕竟她强大得像个传说。

“你什么时候回来？”我问。

最后一个问题，陶苓没有给我答案。

我之前之所以笃定她会很快回来，是因为我认为她热爱她的工作和事业，她一定放不下它们，也舍不得离开实验室。

而实际上，接下来的整整一年里，她没有回来过。

只是她跟我的联系渐渐变多，她开始不断地给我打电话。电话里提到最多的一个名字，就是周倦。

她说她发现了一个天才。

她终于不再执念于程仲。

我有点高兴，又很好奇，迫不及待地想要见见周倦。

3

我第一次见到周倦，是在高考后的暑假。

跟狐朋狗友瞎嗨过一阵之后，感觉到时间的格外漫长，没有人对我考大学抱有希望，我自己也觉得落榜才是理所应当。

自从陶苓走后，家里的气氛更加沉闷。

太阳把前院的蔷薇都晒蔫儿了，空气里热浪翻滚，我不想再出门了，躲在屋里吹冷气更舒服。

那天一个午觉睡完，陶苓就回来了。

身后跟着一个人。

衣着朴素的少年站在爬山虎和香樟铺叠而成的阴影里，略显拘谨，眼神却是倨傲而倔强的。

陶苓说：“这是周倦。”

我一个不慎从沙发上滚下来。

毫无疑问，陶苓对我又是一顿损，说这么大的人了，还没个正形之类的。

一年不见，她爱数落我这点倒是没变。

爸爸在楼上听到动静，也下来了。他装作一脸无所谓的样子，依旧板着脸维持他的威严，可我看到他脚上的两只鞋穿反了。

陶苓一走就是一年，不知死活，按照我爸的性格，是不会让她轻易进门的。这点我知道，她也心知肚明。

所以她把周倦带回来了。

我爸惜才。这么多年来，那么多学生，只有陶苓的天赋让他满意，如今多了个周倦。

他亲自考查一番后，认定周倦是个不可多得的可塑之才，假以时日必成大器，任性地要收他作关门弟子。

陶苓离家出走的事，被轻易地带着翻了篇。

更莫名其妙的是，周倦就这样住进了家里。他住的客房，在我卧室的隔壁。

陶苓私底下跟我解释说，周倦报考的大学就在本市，不出意外，他应该能进。而且他无父无母，举目无亲看着可怜，既然又被咱们爸看重，多照顾照顾也应该。

当时我有点受宠若惊，因为完全没想到她居然会专门过来跟我解释，显得我的意见好像也很重要似的。

我把心里话一说。

陶苓冷笑说：“同在一个屋檐下生活，还不是怕你欺负他。”

后来的事实证明，陶苓担心我欺负周倦这点，纯属杞人忧天。

那时候天真，为了宣示主权，让外来者心里有点数，到底谁才是这个家的真正成员，我干了一件蠢事。

趁着陶苓和爸爸去外地开会，当天赶不回来，我召集了十来个人——个个穿金戴银露着大花臂，生怕别人不知道自己是不良少年。

大半夜一群男男女女在二楼 K 歌打牌，乌烟瘴气，我看着满地的垃圾，到头来还得我收拾，忽然开始后悔出了这么个馊主意。

“老 π，那家伙住哪个房间，我们去他房门口集中轰炸。”尹杰是其中跟我关系比较好的，特地过来问我作战计划。

我指了指周倦卧室的房门。

他心领神会，正准备过去作妖。

房门却自己开了，被成功吵醒的周倦顶着乱糟糟的头发走出来，神情阴郁，像电影里的吸血鬼。

尹杰吓了一跳，在我耳边小声说：“哇，长得这么帅，我都不忍心下手啊。”

尹杰没下手，我自己动手了。

那一刻或许是被鬼附身，或者脑子突然坏掉了，我猛地拽下周倦脖子上的玉坠，从露天阳台上扔了出去。

然后，周倦当着我们所有人的面，从二楼跳了下去。

他很快在草地上找到玉坠，顺手一把抄起院里晾衣架上的竹竿，包括我在内，一群人都吓呆了。

大家落荒而逃。

假混混遇上真刺头，不堪一击。

我装作很硬气地没逃，但心提到了嗓子眼。我以为周倦会对我动手，结果他只是看了我一眼，就回了自己房间。

我无法形容他那时看我的眼神，近似于厌恶。

周倦大概是从那个时候看我不顺眼的，因为我动了陶苓送给他的东西。

我有个同样的吊坠，是陶苓送的十八岁礼物。

我只是突然觉得碍眼。

我甚至没想明白，是因为觉得陶苓这个人送个礼物也三心二意，还搞两份，让我觉得吃味；还是因为周倦每天贴身戴着陶苓送的坠子，让我觉得碍眼。

所以我才会冲动，才会想要扯掉周倦脖子上的那个吊坠。

我后悔过一万遍。

但时间不会重来，世上没有后悔药吃。

4

经过那次的事，我心里有数，明白周倦的武力值大概多高，不会再不自量力地去招惹他。

陶苓说我们这样井水不犯河水挺好的。

九月开学，我去了当地一所三流大学，周倦则因为物理方面的突出成绩被本市另一所大学破格录取。

我们都住学校宿舍，但他甚至比我回陶家回得更勤快。

有一次气温骤降，我回家拿厚衣服和被子，在家门口的林荫道上跟周倦撞了个正着。我慌慌张张，不知道该不该打招呼，总觉得别扭。

这一点都不像我，于是我故作无所谓地冲他笑。

他一点也不给面子，说："你脸笑僵了，很丑。"

心上顿时被扎了一刀，我收敛起笑意，决定彻底跟他划清界限，可他偏偏不识趣，跟我聊起来："你两个月没回家了。"

他倒清楚。

这副长辈的语气，估计是从陶苓那里学来的。

"不想回家就不回啊，在外面多自在。"我说。

"文身、买醉、泡网吧，就是你所谓的自在？"他突然针锋相对。

我无言以对，突然意识到，或许在周倦眼里，我就是这样一个不学无术的人。

这个认识让我无比沮丧，只好转身就走，借此逃避。他却擒住我的手腕："你不能再这样下去了。"

"搞笑了，我怎样下去跟你有关？"

他说："陶苓很担心你。"

原来这才是他肯主动关心我的理由。

我冒着被揍的危险狠狠踩了他一脚，把第三次失恋的怨气发泄到他身上。

第一个学期结束后，不知道陶苓从哪里听说了什么风言风语，觉得我一个人在外面无法无天缺少管束。我被强制性要求，每个周末回家住。

陶苓比我大八岁，我几乎是她带大的。我虽然讨厌她，但她的话有时候却又不得不听。

每周五下午，我从学校回家，最常看见的画面就是周倦坐在屋檐下看书或者捧着笔记本电脑在敲敲打打。他看书时会戴眼镜，整个人越发显得清癯英俊，活生生一斯文败类。

我故意加重走路的力道，这时候他就会抬头看我一眼。

慢慢地，我发现自己无可救药地迷恋上这个场景，喜欢上周五回家这件事，甚至觉得或许他也是喜欢我的。

我们是两厢情愿。

而实际上，“自作多情”四个字，很适合我。

我后知后觉地发现，我竟然暗恋周倦。

5

陶苓逛街的频率极低，大概一季一次。每逢季节转换，她就花一天时间去商场买换季后要穿的衣服。

我了解她这毛病，本来是被她胁迫要陪她一起去，当她苦力帮她拎东西的，但周六学校有个讲座，逃不了，只好让周倦代替我。

陶苓逛得正嗨时，偶遇程仲，脸一秒钟就垮了。

晚上周倦扶着乱醉如泥的陶苓回到家，简单跟我说了情况，然后就去厨房煮醒酒汤。陶苓醉得人事不知，难受地缩在沙发上。

隔着窗，我看着厨房里少年朦胧的背影，觉得这真是一个苦情的故事。

陶苓这么聪明，偏偏栽在程仲那个渣男身上。我以为这么久过去，她早忘了，可只有她自己明白他有多难忘。

而周倦呢，他始终戴着陶苓送他的坠子。她是拉他出泥潭的人，是他的伯乐。她让他回头是岸悬崖勒马，而我只是个旁观者。

每个人都求而不得。

知道程仲扬言说要重新追求陶苓的时候，我差点气疯了。

但无论我如何生气，陶苓确实又跟程仲纠缠到了一起。虽然陶苓还没松口答应复合，也就是迟早的事。

我小心翼翼地观察周倦的表情，他正在一丝不苟地挑鱼刺，眼角垂着，把眼睛里的情绪藏起来，叫人看不见。

全家人里，我爸是最后知道的。他勃然大怒，还没来得及冲陶苓发火，更可怕的消息就传来了。

程仲酒驾出事了，而陶苓坐在他的副驾驶座上。

陶苓昨天没回家，说是去闺蜜那儿住，我当时就应该想到的，她哪有什么闺蜜。

无非是又被程仲骗出去了。

陶苓死了。

我一直觉得这是个玩笑。

直到我摸到那张冰冷的脸，才恍然。世事无常，叫人措手不及。

6

在很长一段时间里，是周倦这个外来人撑起了这个家。

我爸像一夜之间老了十岁，半年里生了两次病，连去研究院的次数都少了。学校离家不远，我开始每天回家住。

他或许并不需要我，但我得在。

因为陶苓不在了。

对于周倦，我是感激的，他的存在或多或少会让我爸感觉到安慰。他买了一辆二手车，每天无论课多课少忙到多晚，都会回陶家。

不知道从什么时候起，他已经成为我们家的一员。

我们相依为命。

很多个夜晚，我失眠，看见窗口照射进车灯的光束，看他从车上下来，突然很想哭。他一直守在这里，我不知道是该庆幸，还是该难过。

这种状态一直持续着。

我不想打破。

大学毕业，参加工作……有时候想，就这样下去好了。

可是，周倦要交女朋友了。

饭桌上，他接了一个电话，不小心按到免提键，一个清脆的女声传出来。

周倦的工作环境里很少有女性，而且倘若不是十分熟稔的关系，对着他这朵高岭之花根本说不出亲昵的话。

我一口青菜梗在喉咙口，差点噎死。

看看我爸，他若无其事，压根不明白我的担忧，有女人就快要把他的关门弟子拐跑了。

我爸极其看重周倦，他曾经形容周倦是一块未经雕琢的璞玉。以前他在穷乡僻壤，没有条件接触系统专业的培训，差点被埋没，所幸后来有了机遇。

当晚，我直截了当地告诉老陶教授，我喜欢周倦。

他的反应相当冷静，说让我自己搞定，他不掺和年轻人的事。他那副表情，估计打心底觉得我配不上周倦。

我说，如果周倦跟我结婚了，咱仨就真正成了一家人，会一直这样生活下去，谁也不会走。

老陶教授可能被最后这句话触动了。

他不想再经历任何形式的分别。

我不清楚我爸是怎么跟周倦谈的，周倦从书房出来跟我说的第一句话就是——“我们结婚吧。”

不是“我们在一起试试”，也不是“我们谈恋爱吧”，而是“我们结婚吧”。

我明知道他喜欢陶苓，明知道他最尊敬爸爸舍不得违逆爸爸的意愿，我却把这些当作筹码，让他跟我捆绑在一起。

我真卑鄙。

可谁叫他被我喜欢上了。

婚后顺风顺水，没有想象中那么艰难，周倦既不热情，也不抗拒婚姻生活，可见他在尽力配合我扮演丈夫的角色。

除了每年那个特定的日子，陶苓离开我们的日子。

我每次从墓园回来就会陷入一种焦躁抑郁的状态，像个炮仗，一点就燃，无论和谁说话都充满火药味。而且当晚必定失眠，只能去书房。有时候发发呆，有时候看看书，这一次我翻到了陶苓的日记本。

回到卧室，周倦还在睡着。

他在睡梦里皱眉，睡得并不安稳。

他是玉石，我却平庸。

他本不该配顽石，我却甚至想让他变得跟我一样平庸。

7

十年前，周倦问陶苓为什么要帮自己，他在陶苓的口中第一次听到陶杌的名字。

陶杌，梼杌，上古四大凶兽之一。

真是个奇怪的名字，却足以让他听一次就牢牢记住。

那年高考，陶苓铆足了劲把他从不良少年的边缘拉回来，时刻看紧他，他毫无办法。两人相处时间渐多，他开始经常听陶苓提起陶杌。

陶杌的妈妈在生她的时候难产而死，她一生下来就没有妈妈。一个刻板严肃忙于工作的爸爸，一个大她八岁的姐姐，将她带大。

陶苓说陶杌很笨，小时候学写拼音，怎么也学不会写“ɑ”，教一百遍也没用。

陶苓说陶杌叛逆，逃课，给男生写情书，恶作剧剪了新班主任的辫子，参与打群架，全校师生都觉得她坏得彻底，活该被开除。

她回家后，差点被爸爸打死。

后来的两年里，陶杌开始在家上学。

她那么坏的一个人，却记得全家人的生日，会偷偷看视频学教程给陶苓织手套围巾，织完就藏在衣柜下面的一个抽屉里，从来不送出去，后来塞满了几个抽屉。

她逃课后常去喂流浪猫，身上的钱买了猫粮，中午只能吃包子填饱肚子。

说到这里，陶苓忽然笑起来："我每次批评她，她都有理，全是歪理。"

给男生写情书是因为经常看见那个男生被欺负，一封情书昭告天下，他是我陶杌看中的男人，谁都不准欺负他！

剪新班主任的辫子是因为她老拿教鞭打女生手板心……

周倦听了那么多关于陶杌的事，早已经对她好奇得不得了。

他十八岁生日，陶苓送他一个玉坠子。他不收，陶苓说陶杌也有一个一模一样的。后来他一直戴着这个坠子，舍不得摘。

住进陶家，他终于看到陶杌。

喜欢上陶杌，是一件非常容易的事。明媚鲜活的少女活得肆无忌惮，就像画板上最明亮的那一笔，永远引人注目。

他想控制自己的目光，将情绪深藏。

他喜欢一个人，不想让人发现，却被陶苓看出来。她似乎乐见其成，开玩笑说，你要是能将陶杌收了，我也就放心了。

可是，陶苓出事了。

自那以后，陶杌像变了一个人，她以前好像怎么也长不大，如今却稳重又冷静。

她把周倦当亲人，不敢再进一步，怕他抗拒，怕他一走了之，小心翼翼地维持着两个人之间的距离。

周倦想，那就当亲人，成为她的依靠。无孔不入，让她再也离不开自己，把她套牢。慢慢等待时机成熟，他可以等她很久很久。

后来他拜托一位女同事看准时间，打了那一通电话。

接下来的一切顺理成章，他跟陶杌结婚了。

当年在白淞湖县，陶苓的出现改变了周倦的生活。

她告诉他，要做一个善良正直、勇敢无畏的人，这么些年来，他始终谨记在心。

可他凭一己之私，入侵所爱之人的生活，见她失去至亲陷入囹圄困境，却处心积虑将她套牢，今生有愧，算不上真正的善良正直。

他心有余悸，害怕得来的东西一朝失去，从此一无所有，做不到真正的勇敢无畏。

他最终也没能成为陶苓所说的那种人。

可他终于成全他自己。

小编有话说：

生活里有那么多误解与伤心，幸好，总会有很多闪光的幸福。

看到那一句“喜欢上陶杌，是一件非常容易的事”，一直拧巴着、悲伤着的心就安定了下来。非常治愈暖心的故事，在你身边，是不是也有一个人，爱了你很久很久？

怎样去拥有一道彩虹

文 / 狸子小姐

我喜欢一个人，
就必须做到有始有终。

1. 我只是在爱一个人的时候，学会了这点本领

双脚再次踏上洛川市地面的时候，我才真正放下心来。就在我从瑞士回来的路上，飞机遇上了一点强气流，当时的我正在安排回国后的行程，所以，飞机忽然颠簸的时候，让我慌张得有些不知所措。

碰巧刚刚安排到给我哥和我现在应该叫嫂子的女人的婚纱照拍摄的事情上，这一颠簸，连我手中的笔都掉到了地上。

我虽然不迷信，可不知是不是因为恰逢是她的婚礼，我的不安在空乘小姐已经说明飞机安全后的很长一段时间都没有平息。

同行的化妆师都察觉到我方才的反应有些过激了，小声关切地问道：“李牧之，你没事吧？”

我摇了摇头，否定的同时甩掉我内心那个不安的想法，她这样一个善良的女孩，要是我在她婚礼之前有个万一，她恐怕会哭上好长一段时间吧？到时候李随州还不把我的尸骨挖出来好好地鞭笞一番，才能解恨。

何况，我还答应过要给她拍婚纱照，这是在早前就许诺过她的。

坐在回家的出租车上，一路的红灯，让前面的司机看上去比我还要着急，一直烦躁地拍着方向盘或者跺几下脚。我真怕他一个不

小心踩在油门上，让大家最先是在洛川市的晨报和晚报上看见我。

我也不知道为什么今天我总是会胡思乱想，害怕自己在这种重要的时刻没能去到现场，紧张得像一个未经世事的孩子。

趁着等红灯的空隙，我望向窗外，路旁的香樟已经长到两个人才能够抱住了，就连绿荫都已经遮住了一半的车道。

看着路边形形色色的人，在红灯快要结束的最后三秒钟，我举起胸前的相机，按下了快门键。

前面的司机忍不住问道："小伙子，你是摄影师吗？"

摄影师？好像称不上吧，只是因为我在爱着一个人的时候，学会了这么一点本领，所以没办法，只能从事这项工作罢了。

可是我每次这么说的时候，大家都不相信，但我还是坚持这样解释，这次也是一样。

所以当出租车司机满是怀疑地看着我的时候，我并不觉得奇怪，只听他评价道："小伙子还真是谦虚。"

我笑了笑，没有解释。

我只是说了一句实话，在我长达十几年名为暗恋的初恋里，我真的就只学会了这点本领，那种比别人更会感知这个世界的本领。

记得我毕业时带我的老师是这样评价我的专业水平的，技术一般，却有着别人学都学不来的悟性。

可我从不曾提起，那个悟性其实是后天学来的，从她那里学来的，因为我必须捕捉任何一个和她有关的画面，才能保证那段艰难的暗恋维持更长的时间。

现在想起来，那好像已经是很久远的事情，久远到要不是因为一个契机被提起来，我都回想不出里面的细节。

所以，当那些事情真正被提起来的时候，所有的记忆如潮水般蜂拥而至，甚至冲毁了我原以为已经封存在心里再也不被提起的一些东西。

比如，那时候的我，还是一个默默无闻的男生，甚至被放在人堆里就会瞬间消失；比如，和我截然相反的李随州，不管站在哪里都是一道靓丽的风景线，哪怕每天只是打架闹事都能成功地吸引很多人；再比如，那个时候的曲静，犟得像一头驴，明明胆小得要死，却硬是想要待在李随州旁边，哪怕天天挨骂。

2. 她如三月春风般拂过我心头的不安

我仍然记得，第一次遇见李随州的时候，他穿着一件洗到变形的 T 恤，长得拖到了大腿，一条陈旧的牛仔裤上布满了泥土，脸颊上挂着的青紫向我们展示了他先前的英勇战绩。

我站在父亲旁边，胆怯地想要伸手过去，最终却在他凛冽的眼神中怯怯地收了回来，欲言又止。

算起来我们也是堂兄弟，在早年的时候，父亲因为出去经商，又恰逢好时候，赚了些钱，便带着母亲在洛川安了家。而大伯说自己没有文化，硬是不肯离开，后来便一直留在了老家。

渐渐地，两家除了过年的时候会见上面，其他时候，都是断了联系的。

而我之所以没有见过李随州，大抵是因为小时候曾经被大伯家的大鹅吓得哭了三天三夜，到后来，只要父亲一说起让我回老家，我母亲都会生上好久的气。

所以，当我再次来到老家的时候，这个对于我来说陌生的地方，令我不知所措的同时，又让我充满好奇。

父亲拍了拍我的头，示意我过去和李随州打个招呼，大概是想到自己和他的年龄差距，所以才叫上我的吧。

即便父亲对我们总是温柔和蔼，但是那高大的身躯，加上不笑时的国字脸，不熟悉的人倒可能真的会被吓到。

我下意识地咽了咽口水，在父亲准备自己开口之前，对李随州说道：“那个，我们是来……”

还不等我将后面那半句“接他去我家”说完，只见李随州不屑地冷哼一声，转身就走。

我显然不明白为什么一个这么小的男孩非要对我充满敌意，有些手足无措地看向父亲，只见他微微勾起嘴角，由衷地赞扬道：“他倒是比你像我。”

这一点我也承认，我生性温和、无欲无求，和做事果断的父亲确实有些悬殊。

我就在老家睡了一个晚上，和李随州一起。和在洛川的时候不同，这还是我第一次在叫骂声中醒过来，不知道为什么明明才十来岁小孩的嘴里，竟然能够说出那么多恶毒的话。

我谨慎地转过头去看向李随州，只见他已经穿好衣服摆出一副准备出去干上一仗的架势。

可是他没走几步却又顿住，我往外面一看，只见那些小孩不知为何竟然全都四散逃走。我起身一看，发现父亲居然站在门口，只见他对李随州说道：“要不要跟我去洛川？”

父亲说话的技巧远远强过我，明明所有的事情都已经处理好了，却还是将主动权交到了李随州手上。

我好奇地盯着李随州，眼里的期待一闪而过，只见他看了眼屋外，最后，漫不经心地点了点头。

那个时候的李随州大概并不是那么愿意离开老家吧，但是父亲也已经将所有的事情都办妥了，他就算是不愿意也不会有改变的。

父亲之所以会接李随州离开，是因为大伯杀人被迫入狱，而大娘竟然怕这种事情连累到自己，连夜收拾东西就逃走了，留下李随州一个人在这儿。父亲听到消息已经是一个星期后，于是立即带着我来老家接李随州去洛川。

李随州是大伯唯一的儿子，而且我们还是一家人，总不能在这种时候，像外面那些人一样，对他恶语相向。何况，从父母亲的只言片语中，我并不相信一向勤勤恳恳的大伯会成为杀人犯。

第一次见到曲静的时候，是在我家门口，那时李随州在洛川已经待了很长一段时间了。

我放学回家，看见一个女孩站在门口一直往里面探着头，却又有些不确定，便也不敢上前敲门。

一向羞涩的我，呆愣愣地站在后边看了她足足十分钟有余。就在我打算上前打招呼的时候，李随州开门出来，烦躁地看了一眼她，冷漠地说道：“明知道我不会做，拿过来干什么？”

若是换作以前，我一定会觉得李随州这个样子很酷，但是这一刻，不知为何，我竟然有些心疼这个小姐姐。李随州的性子先前是什么样子的我不知道，但是自从大伯出事后，他对谁都是这副样子，凶巴巴的像是下一秒就会冲上来把你撕碎的样子。

我偷偷看过李随州之前的试卷，全是满分，但是自从来了洛川之后，他每次交上去的试卷居然全是空白。

只见李随州不管不顾，直接猛地把门甩上，我能看见那个女孩在那一刻惊吓到抖动肩膀的样子，让人心疼。

就在我打算上前帮她将作业交给李随州的时候，门忽然又打开了，李随州一把抢过她手中的作业，“啪”的一声又将门重重地关上，期间连一句话都没有说。

但她似乎对于李随州的这个表现有些意外却也很满意，就像现在我也感觉意外，一直不做作业的李随州为什么会突然愿意拿她手上的作业?

后来很长的一段时间，她只是站在那儿一直盯着门，脸上泛起淡淡的喜悦，我竟有些不忍心打扰。

所以当我忍不住走上前去的时候，我不敢多说一句话，将头埋得很低，就连呼吸都尽量小心翼翼，侧身越过她，从包里掏出钥匙去开门。

就在我的钥匙插在锁孔里的时候，她忽然开口："你也住在这里？"

她声音原来这样的动听，那种在大多数女生应该咋咋呼呼的年纪，少有的温婉柔和。就像是三月的春风、四月的暖阳，拂过嫩绿的柳枝，照着娇妍的花朵，而此刻它正拂过我那颗本就不安的内心，照在我平凡且不自信的生命里。

我像个呆子一样，愣愣地看向她，然后点了点头。

那是她第一次向我打听李随州的情况。她问，李随州现在是不是住在这里，因为他填在资料上的地址并不是这里。

我点了点头，我大概能够猜到李随州填了哪里，于是替他解释道："那是乡下老家的地址。"

"那他以后会不会一直住在这里？"她又问。

会吗？我也不知道，但是我在看到她满怀希望的眼神时，竟然认真地点头保证："会的，他以后都会一直住在这里。"

随后她向我打听了很多关于李随州的情况，我都诚实地回答了，让我意外的是，她竟然没有问，李随州为什么会忽然住在我家。这是很多人，包括楼下阿姨都忍不住会问的问题，单单只有她没有问。也没有问，李随州为什么请假在家？

我回去的时候，已经是两个小时后了。连我自己都不相信，平时和班上女生说不上几句话的我，竟然会和一个刚见过面、连名字都没有互通的人，说了整整两个小时，哪怕多数时候是她在问，我在答。

我一开门，看见李随州坐在沙发上，居然在做作业，见我回来，迅速地将作业收起来，递给我："明天拿去交给她。"

我接过他手中的作业，忍不住问道："哥，那个……"

"以后和女孩子聊完就不会送回去吗，不然就别聊这么晚。"还不等我说完，李随州就板着脸打断道。

看着他一瘸一拐走回房间的样子，我忍不住想，明明就不是什么铁石心肠的人，为什么一定要装出一副凶神恶煞的样子呢？

他之所以会在家休息，只是因为三天前，被一群小混混拦住打了一顿罢了。我不是在贬低李随州打架不厉害，而是因为他太厉害了，所以他们才会有备而来地叫来了十多个人。

而发生这一切的原因是，头一天放学回去，李随州因见不得我被人欺负，出手打了对方一顿，才惹怒了对方。

其实在那之前，我已经不是第一次被欺负了。像我这样，家里拿得出一点钱来，性子又温温吞吞，成绩不拔尖，个子不高，打架也不厉害的人，当然会是欺负的最佳目标。

只是，从来没有人会想到，半路上会突然蹿出一个李随州，把他们打了一顿还不算，甚至抢走了他们身上的钱。

那是我第一次亲眼看见李随州打架，在此之前我不过是从旁人口中听闻过一些罢了，看着李随州干净利落、毫不手软的动作，我不禁感慨原来真的有人会把打架变得比表演还要好看的。

那一刻，我不知有多么羡慕他，从小身体不好的我，和打架是完全沾不上边的，甚至被欺负都只能受着。

可是，事后，跟在李随州屁股后面的我心里开始打着鼓，毕竟不过是花些钱就能解决的事情，现在被李随州这样一闹，还不知道后面还会发生什么呢。

果然第二天，李随州就被打了，我们知道的时候，李随州已经躺在医院的病床上了，全身上下大大小小的伤口不计其数，就光是脸上的都让我倒吸了一口凉气。虽然已经上了药，但看上去还是很狰狞。

就连一向对他冷淡的母亲，都忍不住去外面买了好多好吃的给他，甚至还亲自下厨给他炖了一锅鸡汤。

父亲板着脸问这是怎么回事，李随州依旧像以前一样，冷漠地哼哼唧唧应了几声之后，就将脸转向一边，不想回答了。

我以为父亲会发火的，就像以前我考得很差，父亲会对我发火一样，但是没想到，父亲只是打了个电话给他的班主任，帮他请了两个星期的假便没了下文。

一直到很久之后，我才知道，那天傍晚送他去医院的人就是曲静。这也是为什么李随州明明不愿意，却还是接下她手中作业的原因。

3. 暗恋就是你明知道她是喜是忧都不是为你，心却还是跟着牵动

当我去把作业交给曲静的时候，她礼貌地说了句谢谢便转身进了教室，看着她背过身就开始翻李随州的作业，高兴得连走路都开始一踮一踮的样子，那种喜悦连站在一米开外的我都能真切地感受到。

但是那个时候，我并没有意识到我已经喜欢上了这个喜欢着李随州的女孩，甚至只是忍不住有些心疼这个必须要来给李随州送作业的女孩。

渐渐地，李随州对她已经不再那么有敌意，有几次，他在接过本子的时候，还会装作态度冷漠地给她递牛奶或者苹果。

即便再不聪明的我，还是能够看出来，李随州是喜欢曲静的，就像我也喜欢她一样。

后来的一段时间，每次和她见面，我都不过是微微点头，即便心里早已翻江倒海，却还是没有多说一句话，绕过她掏出钥匙开门。

“替我转告李随州，老师今天上课的时候夸他了。”

这是她第二次主动和我说话，和上次有些区别，这次她是直截了当地跟我提起李随州的事情。

我疑惑她为什么不自己去说，可我还来不及问出口，就听见她低着头说：“每次我还没有说话，他就把门关上了。”声音里带着不易察觉，但在我听来却带着异常明显的失落。

见我点头答应之后，那种失落立马变成了喜悦，她笑着说了声

谢谢，就转身下楼。我不自知地站在门口，一直等到她的脚步声消失在了楼梯间，才回过神来。

很快，李随州回到了学校，而她也不需要再来家里送作业了。不知为何，我竟然有些小小的失落，就连原本期待的放学，都变得乏善可陈。

我开始在学校里寻找她的身影，但是大多时候，她都是站在李随州旁边的。

比如，明明力气很小，却硬要跟着李随州去搬东西，会在被李随州斥责的时候，装得很委屈，可我知道，她其实早在心里偷着乐了；比如，会在李随州受罚的时候，偷偷地塞一些东西给他，有时候是饮料，有时候是面包，看着李随州不情愿地接受之后，欢快地离开；比如，有时候会故意跟在李随州后边，等他转身的时候，故意吓他一跳。

好像不管我费不费心去注意，她好像都会出现一样，后来我才意识到，原来不知道从什么时候开始，她已经满满地占据了我的视线。

所以，在学校后面不常有人去的草坪上见到她时，并不是意外，反到像是受到了指引一般。

她一副心事重重的样子坐在那里，让我觉得头顶上的太阳，都像是蒙上了一层雾一样。

我忍不住想要走过去安慰一两句，最后却只是在离她的不远处站定，因为我不知该找一个什么样的理由过去。

和李随州那种对全世界都有敌意的样子不一样，我唯唯诺诺的样子，从不让人感兴趣的同时，也让我的胆子变得越发小了起来。

就像现在，我明明可以上前安慰这个让我心疼的女孩，可最后还是忍不住往后倒退，甚至，当作自己从来没有遇见过她。

因为我看见了一旁路过的李随州。

原来暗恋就是，明知道她开心还是不开心都不是因为你，她笑时，你还是会在一旁替她高兴，她难过时，你的心也会跟着揪在一起，却又胆怯得不敢靠近。

如果当时我不那么胆小，不是慌张地转身逃走，我想我应该能够看到李随州脸上的怒气。

我们是在第二天上学的路上得知了曲静受伤的消息，看到李随州脸上一闪而过的慌张时，我内心忽然泛起一种很不祥的预感。

我并不相信李随州会做这样的事情，先不说他不会欺负女生，单单是他帮过我，我就不相信曲静的伤和李随州有关。

于是，我终于鼓起勇气去找她，不仅仅是因为想找个理由去看看她，更多的是想知道这一切是不是真的和李随州有关。

即便我内心的天平早就已经偏向了李随州，但我还是需要一个肯定的答案，肯定到我可以鼓起勇气为他辩解的那种。

可是，当我赶到医院的时候，见到的却是李随州冷漠地对她说："你和你爸爸一样虚伪。"

若不是亲眼看见，我一定不会相信，我明明感觉到李随州对她是不一样的，可为什么会……

后来我才知道，李随州之所以去找曲静，是因为知道了她的父亲就是大伯那场官司的法官，而明明知道过错方不是大伯的他，竟然连同其他法官一起，害得大伯入狱。

其实一开始我就知道她的父亲是一个法官，但是我并不知道，原来她和李随州还有这样的渊源。

我看着李随州毫不犹豫地离开，在撞见我的时候，有一点迟疑，像是想说什么，但是最后还是走了，毫不犹豫。

我看见曲静费力地一瘸一拐地走回病房，内疚胜过委屈，担心胜过难过。

很久之后，我才小心翼翼地走进病房，在她还来不及向我打听李随州的时候，开口问道："你还好吧？"

这是我第一次鼓起勇气这么直接地关心她，可是她只是摇了摇头，说道："替我告诉李随州，不是我说的。"

看吧，即便我已经那么费力地将话题迁离李随州，她还是会将话题引到他身上去。

"嗯。"在我答应下来的那一刻，我看到她脸上露出从我进来后的第一个微笑。

接下来的很长一段时间，她都在和我解释她不是故意接近李随州的，她也并没有想过伤害他。当她在说最后一句话停住的时候，我知道她想说什么，她甚至没有想过会喜欢上他。

原来李随州昨天气势汹汹地去找曲静，就是因为得知她就是那个法官的女儿，所以觉得她就是在故意接近他。

本以为世界还会保留一点爱，忽然意识到这一切可能都只是谎言的时候，原来李随州也是会害怕的。虽然在这里，他没有和谁成为好朋友，但至少也不会像在老家一样每天被人骂是小杀人犯了。

所以他第一次威胁别人说，不要将那件事情说出去。

也是，现在的李随州，已经不是刚刚来洛川的那个老师一提起来就会头疼的他了，现在的他甚至有时候还会被老师拿出来作为典范表扬，而这一切又和曲静有着密不可分的关系。

可是，没有想到，这件事情，竟然被他们班的另一个女孩子听到了，那是一个十分讨厌曲静的女孩。

一向温婉可人的曲静，见求那个女孩无用，于是第一次和人争得面红耳赤，也是第一次和人动手，身上的伤也是那个时候来的。

当然，这一切并不是她告诉我的，而是后来我打听到的。

4. 原来我爱她早就不是一件隐秘的事情

在那之后，大伯是杀人犯的事情，迅速在学校传开，就连和我同一届的学生，都知道原来那个最近常常受到夸奖的李随州，居然是个杀人犯的孩子。

那时候的我们，并不知道流言对人的伤害有多大，只知道，当一个人和我们有区别的时候，不管是好的还是坏的，都是闲暇时很好的讨论对象。

那段时间，我经常能够看到李随州对人龇牙咧嘴地大吼着，说他爸爸不是杀人犯。

即便我也相信这个事实，但是一向胆小怕事、中规中矩的我，并没有勇气和李随州站在一起，坚定地维护着大伯，或者说，仅仅只是维护李随州。

当老师建议父亲让李随州转校的时候，我才意识到原来事情已经发展到了这种地步。

曲静去找李随州的那个下午，我刚好也去找李随州，因为父亲希望他能够在这段时间回家休养。

我看见她站在李随州面前，似是下了很大的决心，才鼓起勇气说："对不起，我不知道……"

还不等她说完，就听见李随州决绝地说："你滚！"

站在转角的我，都能够感受到她的难过，所以当李随州离开的时候，只是轻轻撞了一下她，她就像一只断了线的风筝一般，滚下了楼梯。

我以为李随州应该会停下脚步，至少会不计前嫌先将她送去医务室，但是他只是停顿了片刻就继续离开，哪怕我明明看见他离开时眼里闪过的慌张和担心。

我过去扶起她，看见她的眼泪在眼眶里打转，最终却还是没有掉下来。在我抱着她去医务室的时候，她只是将那句没有和李随州说完的话，对我说了一遍："我不知道事情会变成这样。"

谁又料得到事情的发展呢，就像我送她去医务室，校医直接让我送她到外面的大医院去一样，就像我们谁都没有料到，李随州只是轻轻一碰，却让她在医院待了好长一段时间，长到只能再读一年初二。

我去找李随州的时候，是在曲静受伤的三个月后，那时候，李随州已经顺利地回到学校了。

在去看她的时候，意外地听说她的腿伤可能会导致她接下来的很长一段时间都只能拄着拐杖，让我更加愤怒的是她可能以后走路都会有一点点跛脚。

她那样一个温暖的女孩，就算受了再大的委屈也不会说出来的，所以我在看着她练习走路跌跌撞撞摔了很多次之后，忍不住冲到学校，就朝李随州挥了一拳。

我想当时的自己一定是疯了，不然一向胆小的我怎么会在上课的时候，冲到李随州教室打他呢，还是在有老师的情况下。

在李随州还在迟疑的时候，我再次举起了拳头，大概是因为他看见我眼神里的疯狂和不管不顾，所以才会对我还手。

接下来发生了什么，我已记得不是很清楚，只记得我像是一个莽撞的鲁夫，用毫无章法的拳头和李随州对打着，直到老师拉开我们。

当我和李随州被罚站在国旗底下的时候，李随州才看着我不满地问道：“你刚刚发什么神经啊？”

“你知道曲学姐有可能以后走路都会跛吗？何况，那件事情本来就和她没有任何关系，她是那个人的女儿又怎么样，她有什么错，她又没有将那些事情说出来。”这些话几乎都是脱口而出的。

我说完之后，李随州没有立即反驳，甚至停顿了很久，才平静地说道：“你怎么不直接说是你喜欢曲静，所以才觉得我那样做很过分呢？”

听到这句话的时候，我只觉得耳朵“嗡”的一声，陷入了漫长的耳鸣。

我埋了那么久的心思，居然被他这么轻易地说了出来，而且我竟然无法辩驳，也不能辩驳。

原来我喜欢她这件事情，早就已经不是属于我一个人的秘密了，所以才会在回答李随州的时候，都在为她解释而不自知。

被李随州戳破心思的我，只觉得羞愧难当，同时也开始害怕，害怕别人会把她和我联系到一起，害怕自己的平凡，玷污了她的优秀。

可就在我害怕的同时，早就根植在我内心的感情，也像是在那个时候破开了泥土一般，哪怕没有春雨的滋润，也汹涌地生长着。

最终，我决定去找她，如果说我这辈子只能疯狂两次，那么这两次都已经发生了。

我在她快要摔倒的时候，扶住她。我能感觉到因为我的到来，她变得明朗的笑容，但我也清楚，这个笑容并不属于我，只是因为我能够带来李随州的消息。

她问我：“听说你打了李随州，老师没有批评他吧？”

她说：“你回去的时候，帮他带点药吧，一青一紫的不好看。”

她说：“李随州其实很喜欢你，不然你现在肯定被打得趴在医院起不来了。”

我本来已经决定将那个不再是秘密的心思说出来，可是她眼里只有李随州，要让我如何将心里的欢喜说出来。

面对她这样毫不隐藏的喜欢，我胆怯了，在她每句话都会谈到李随州的时候，我不得不将那份喜欢埋得更深，深到连我自己都可以骗过。

5. 即便我再不想知道她的消息，她还是会出现

后来的很长一段时间，我都没有和李随州说话，也没有去找曲静。

我开始努力地学习到深夜而不自知，只是因为从她那里听说李随州是一个多么优秀的人。

她说：这个题目明明就没有那么多种解题方法啊，李随州到底是怎么想出来的啊？

她说：李随州这次一定会是第一名。

她说：李随州回去考哪个学校呢，重点中学，还是市一中？

那个时候的她，已经到了我隔壁班，和我只有一墙之隔。一墙之隔的距离就是，即便我不想听见她的声音都觉得困难，何况她的声音还是那么特别，特别到她只说一个字，我都能听出来是她。

听到那些话的时候，我甚至能够感觉到，她是在埋头苦想，还是在喃喃自语，手是在握笔，还是在抓头发。

终于，在没有人知道的晚上经过了那么多天的努力之后，我的名字终于排在了她的后面，她是年级第一，而我，是年级第二。

那天我被叫到办公室，甚至连我父亲都一块被叫来了。班主任板着一张比父亲还要吓人的脸，开口就直接说：“你这次到底是怎么抄到答案的？”

没有问我是怎么考到了这个成绩，甚至都没有问我有没有抄，而是直接问我是怎么抄到的。

我胆怯地看向父亲，甚至可以想象他下一刻会不会直接朝我抽一耳刮子。

可是他并没有，他甚至是用有些戏谑的语气说：“老师，以后这种事情就不要随便叫家长，上次的事情难道没有得到教训？”说完父亲将我带出去，留下一脸愤愤的班主任。

原来李随州第一次考第一的时候，父亲也来过，只是和我不同的是，当时李随州被人误会的时候，还有人一直站在前面跟别人据理力争，说李随州是多么努力。

而我却只能任由流言传遍整个学校，大家终于都记住了我，只是他们说的全是“小偷李牧之”。

我终于感受到了之前李随州被当成杀人犯被全校师生嘲笑谩骂时的心情，但是我却没有他那样的魄力。

虽然我已经能够有傲人的成绩，让老师和同学一眼就记住我，但是这并不表示我就能够像李随州一样，直接一板脸就让大家望而生畏。

或者像曲静一样，只是平淡地说一句话，就让大家哑口无言。

她来找我的时候，我桌前正围着一堆人，七嘴八舌地问着我是怎么在一个环境并不怎么好的考场，抄到第二的？

我艰难地解释着，我没有抄，说我真的考了那么多分，但结果不过是让大家唏嘘一下，然后继续追问，或者直接翻脸说我不够意思，哪怕极少数人相信我是自己考的，嘴里的语气也差不多都是嘲笑。

直到她笑着说："没想到，你成绩居然这么好，看来下次可不能掉以轻心，免得被你超过了。"

她一说完，大家只觉得没有意思，纷纷四散离开。

只见她坐在我前面那个人的位置上，然后笑着问道："你知道李随州考哪里吗？"

如果说，我前一秒还在欢呼雀跃，那么现在我又跌到了谷底。即便在我这么艰难的时候，即便她已经帮我说过话，但是她心里记挂的还是李随州，只有李随州。

"重点中学。"虽然我已经很努力地不去为了她关注李随州，但是，从喜欢她开始养成的习惯，即便现在我和李随州已经很少交流了，我还是能够在第一时间答出她想知道的。

得到答案后的她，几乎是跳着离开的，如果那只脚没有跛的话，应该可以像一只意外闯进花田的蝴蝶，美丽非凡，即便现在的她看上去也很美。

6. 我终于将我喜欢的女孩，送到了她本就该去的那个地方

司机的呼唤让我忽然从过去惊醒过来，我才猛地注意到，原来

车子早就驶过了那些我异常熟悉的街道，停在了我家楼下。李随州早就站在楼下等我了，而他旁边站着的正是曲静。

今天她穿了一件小碎花的长裙，朝我走过来的时候，裙摆飞扬，还真像是一只花蝴蝶。

我笑着迎上他们，李随州接过我手中的行李，然后拍着我的肩膀说：“这次回来住久一点。”

我们的关系是从什么时候变得这么亲密的，或者说，他们又是什么时候在一起的?

大概是在她拼命地追着李随州，最终高考落榜，只能去他旁边学校的时候，或者是她为了能够漂漂亮亮地出现在李随州面前，费力地练习穿高跟鞋的时候。

其实那些年里，李随州一直在内疚，因为自己的一个情绪激动，导致她的未来可能会永远有个缺陷而内疚。

只是那个时候我太自私，所以即便我将李随州的方方面面都告诉了她，却唯独留下了这一个。

我一直以为，我们应该会一直保持这样的关系走很长一段时间，长到她能够忘记李随州，然后看见身边的我。

直到忽然有一天，我室友将我给她拍的一张照片拿去参加了我们学校的摄影比赛，等我发现的时候，东西已经全部交上去了。

我其实偷偷给她拍过很多照片，跟在李随州后面时的小心翼翼，康复时的隐忍不语，成功时的欢呼雀跃，包括刚穿高跟鞋时的滑稽模样。

每一个瞬间，我都偷偷地用照片定格过，只是我从不敢和大家说，要不是意外被室友发现，我想这份秘密，应该会一直保存吧。

本来不抱什么希望的我竟然一路过关斩将，打败了一干专业选手，杀到最后，拿到了亚军。

拿到了为数不多，却能够让大家好好吃上一顿的奖金的同时，学校摄影专业的老师也找到了我，开门见山地问我愿不愿意转专业。

就在我犹豫的时候，曲静来找我了，脸上的表情不是喜悦，不是平静，反而是浓浓的纠结。犹豫了半天，我才听见她幽幽地说："李牧之，哪怕我没有说出来过，你也应该是知道的，我喜欢李随州。"

我终于听见她亲口说这句话了，但是不知道为什么，这一刻的我并没有想象中的那么难受，反而伴随着沉重叹息之后，是平静的释怀。

她喜欢李随州喜欢得这么明显，难道我还会看不出来？只是我忽然有些难过，不知道从什么时候开始我就已经不再喜欢她了，即便我还是会假装不经意地在很多地方遇见她，替她了解李随州，感受她的喜悦与难过。

可是，这好像变成了一种使命，让我关注她，让我靠近她，只是并非再是喜欢。

所以当她穿着高跟鞋跌跌撞撞地出现在李随州面前，对着李随州班上的所有同学，大声地说道"李随州，你把我的脚变成这样，你一定要用一辈子来补偿"时，我明显地感到她的脚因为紧张而晃动得厉害，好像随时都有可能摔倒一样。

而我看见李随州诧异地抬起头，盯着她看了很久很久之后，久到她就快撑不住的时候，才闷闷地应了一声。

她知道，李随州是在害羞，就像我能够清楚地感受到她的情绪一样，她也能够清楚地感受到李随州的情绪。

只是她在欢呼奔向李随州的时候，却因为教室的一级阶梯，直接摔在了地上。

这一次，李随州没有视而不见地冷漠离开，我甚至觉得他用了此生最快的速度，就连自己撞在了桌角也顾不得停顿，抱起她就直接往医务室跑。

他离开的时候，刚好撞见我。我不过是恰好路过，看到她，然后忍不住跟过来罢了。

那天晚上，李随州到我宿舍将我喊了出去，对我说的第一句话就是“谢谢”。

他说，谢谢我这些年对曲静的照顾；他说，谢谢我在当年将他打醒；他说，也谢谢我让他知道，原来他也爱她。

我觉得我自己应该冲上前去，揍他一拳，才能够一解自己内心的烦闷，但是到了他面前之后，我只是轻轻地拍了拍他的肩膀，然后语重心长地嘱咐：“好好照顾曲学姐。”

所以，当曲静穿着李随州为她精心挑选的婚纱，出现在我相机里的时候，我仍然会觉得心跳加速，却早就不再是最初的那种冲动了。

现在的她已经能够熟稔地穿着高跟鞋走着稳健的步子，就连当初轻易就能看出来的跛脚，现在就算是盯着她看也未必看得出来了。

她跑步时的样子，依旧像一只会跳舞的花蝴蝶，只是不再是在我的心上跳动。

她的那些学生会大胆地叫她女神，会在教师节的时候，送她一束又一束的玫瑰花；会在上她课的时候，端正地坐着，认真地听课。

而李随州，已经不再是那个见谁都充满敌意的少年，现在的他穿着一套得体的西装，样子比之前帅气了不知道多少。即便他整天都板着一张脸，像是谁欠了他几百上千万一样，却还是会贴心地送她上下班，甚至会在忽然变天的时候，给她送去衣服。

而我，也已经从那个胆小平凡的小男孩变得灿烂耀眼，走出去甚至还会有一些小女生用害羞的眼神偷偷地打量我，甚至有了为数不多的一些粉丝。每个月的约片，让我必须将时间严格地安排好，才不至于忙得慌慌张张。

至于大伯早就因为李随州的努力而无罪释放了，然后跟着李随州在洛川住了下来，每天除了在阳台上种种花草，就是过来和我父亲喝上两杯茶。

婚礼现场，作为李随州唯一的堂弟，我并不是伴郎，反而只是一个摄影师，那种明明可以交代其他同事做的事情，我还是想要亲自来完成。

像我喜欢一个人一样，必须做到有始有终。

我跟着李随州的脚步，一步步地走向她，看着她接下他手中的捧花，脸上是藏匿不住的喜悦。

那一刻，我的内心还是会因为她的喜悦而变得快乐，因为我终于将我喜欢的女孩，送到了她本就该去的那个地方，交到了一个我最放心的人手里。

以前我以为，是因为我喜欢一个人，所以不管到哪儿我都能第一时间看到她；后来我才知道，我能看见她，只是因为喜欢着另一个人的她，就是一道最好看的风景线。

就像后来有同学告诉我，原来从我开始朝着她努力的时候，我就已经不再像泯然众生，而是一颗正在闪闪发光的星星，耀眼到让旁边的星光黯然。

小编有话说：

这个故事里的每个人，我都超喜欢。

也希望我们都能为爱勇敢，为爱体贴，为爱成为更优秀的人。

那方是真心悦爱一人

文 / 姜辜

“纪青青最讨厌奶茶里面加椰果。”
“以后‘遁地’前一定要通知纪青青。”
“程立昂有好多好多点喜欢纪青青。”

1. 人民币，长得帅，还有 UR 卡（游戏中极其稀有的卡片）可不是临时的

附衔一中是个重视江湖道义的地方。

老大叫娄江，男的。

老二叫纪青青，女的。

但是，明眼人一眼就能看出来，老二比老大还要威风个一二三四五六倍。

“青青！青青！这儿！”

娄江有个尽人皆知的习惯，那就是每天都要翘掉上午最后一节课的后二十分钟来到食堂给纪青青打肉菜。

“快来快来，今天有你最喜欢的手撕鸡！我给你买了三份，管饱！”

“行了行了，别嚷嚷。”

纪青青比娄江低一届，念高二。虽然混着校园小江湖，但成绩不赖，一般都稳定在年级前五十名左右，所以她偶尔迟到、早退、公然玩手机什么的，老师们也就睁一只眼闭一只眼了。

“还有——”纪青青大大咧咧地刚一落座，又立刻抬起眼皮子盯着对面笑成大型犬的娄某，“行不更名，坐不改姓。我叫纪青青，别喊青青。一米八多的大个子也不嫌肉麻。”

“好好好。”

娄江其实是个出了名的暴脾气，发起火来也给人十足的压迫感和震慑性，但自打遇上了纪青青之后，就活脱脱地展现了何谓铁汉柔情。

“先吃饭，凉了就不好吃了。”

纪青青爱搭不理地点了点头，但没拿筷子的那只手还是在抱着手机玩玩玩。

“姐，我叫你姐了，先吃饭行不行？”娄江都不用伸头去看就知道纪青青正在干什么，“你那个小孩儿游戏玩了那么久了不觉得无聊啊？每天做做菜、打打关卡的，看着都……”

“闭嘴。”纪青青白了娄江一眼，“抽卡游戏讲究的就是慢慢攒材料，然后抽一发好卡集邮全图鉴，喏，给你，试试今天的手气。”她边说边将手机递到对面，娄江自然明白她的意思。

“哎哟，一张 R 卡（游戏中稀有的卡片）。”娄江撇了撇嘴。

“啧！”纪青青皱了一下眉，“直接给我熔了，R 不要。”

“这样吧，青青……”

“纪青青。”

“得，纪青青。”面对近来铺天盖地的 R 卡，娄江再一次严肃地提出了自己的看法，“你看你也快生日了，要不我给你账号充点钱吧？氪了金总该当几回欧洲人吧？你觉得我说——”

“不用。”纪青青“呼啦”一声，就将手机拽回来塞口袋里了，“我就是单纯地想试试运气而已。”

好酷好洒脱，不愧是我的青青——哦不，不愧是我的纪青青。

娄江一边赞叹纪青青的精神境界，一边走进了学校门口的奶茶店。

现在是五点一刻，他又翘了十五分钟的课，为了给纪青青买一杯她最喜欢的原味奶茶。

“一杯可乐红茶、一杯原味奶茶，奶茶多放珍珠不要椰果。”

娄江是老顾客，玩着手机头也没抬就甩着书包坐到了布艺沙发上。

“不好意思同学，今天没有珍珠了，而且得等阿姨或是另一个送外卖的哥哥回来了才能做——”

“什么？”娄江疑惑地歪了歪头，一是疑惑怎么听到的是一个完全陌生的声音，二是疑惑怎么这么早就没了珍珠，“你是新来的？”

“对。”站在柜台后的男孩点了点头，看样子还有些生涩拘谨，“下午刚来的。”

“下午刚来的……”娄江站起来，吊儿郎当地向男孩靠近，最后干脆双手都撑在了柜台上扮狠，“刚来的就敢跟我乱说话？这里的珍珠从来没有在放学前就卖完过！”

“不是，今天是机器坏了，真的，阿姨是去找人修——”

“什么屁话还真扯上了，老子就——”娄江面色不善地攥了拳，打算直接给他一个附衍一中老大的下马威，结果拳头停在空中还没落下，自个儿的屁股倒从后面被人不轻不重地踢了一脚。

想也不用想，敢这么踢他的人，就纪青青一个。

“青青你……”

“纪青青。”

纪青青站在娄江身后，只能大概看见他挡住了一个什么人，反正看头顶不像平时在这里见过的人：“你声音那么大，是想砸店还是想抢劫？”

“没，就是想教训一下新来的店员而已，”娄江老老实实地交代，“这孙子跟我胡说珍珠没了。”

“我没胡说，”男孩小声插了一句，又小心翼翼地往收银台方向挪了挪，“珍珠真没了。”

纪青青看着突然从娄江背后晃出来的男孩愣了愣，过了好几分钟才牛头不对马嘴地说了一句：“你长得还挺好看。”

“什么意思啊，青青，”上个月才收到学妹情书的娄江此刻非常不满，“我就不好看了？”

纪青青嘴一撇，直接冲碍事的娄某挥了挥手：“闪一边去。”

“哎——”纪青青坐在高脚凳上满脸笑意地看着男孩困窘的样子，“你叫什么啊？”

男孩被纪青青盯得浑身不自在，这会儿终于等到开场白了，于是也回答得很积极：“程立昂。”

“好名字。”纪青青下意识地挑挑眉，就差没有捧场鼓个掌了，“那什么，我在你这儿办张会员卡。”

“啊？”程立昂看着纪青青，不知道她这是什么意思。

“你不知道吗？这家奶茶店有个小规矩，谁给顾客办的会员卡，就给谁多一点奖金。”纪青青一边给他解释一边将自个儿的手机递了过去，“帮我抽张卡，按那个右下角的召唤就行。”

“哦，不用不用。”程立昂反应过来后立马摇头拒绝，“你不用为我办的，我应该是个临时工，而且你想喝的原味奶茶今天也没有珍珠——哎，抽了张UR，是好卡吗？我只知道SSR（游戏中的一种卡片）——”

“我快俩月没见UR了。这游戏里UR就是SSR，你这什么神来之手？”大抵是抽了张好卡的缘故，纪青青飒爽拍桌的同时，热情洋溢的笑容里也掺杂了些许不怀好意，“还有，工作是临时的，没有珍珠也是临时的，但人民币，长得帅，还有UR卡可都不是临时的。”

2. 那方是真心悦爱一人

很快，整个附衍一中就传遍了这么几句话。

——天啦，纪青青和娄江好像分家啦。

——天啦，学校对面的奶茶小哥真的帅到把纪青青的魂儿都勾走了吗?

——天啦，快跑，娄江的脸色差到像是要捉人祭天哇。

“走，程立昂。”

三月中旬的天气就像春日刚刚冒了一个头，不再有风有雪，暖融融的阳光下风也是绵的。

“啊？”程立昂看了看墙壁上的卡通挂钟，“这才四点钟，你翘课了？”

“这么明显的事儿还需要用上疑问句吗？”纪青青不以为然地咂咂嘴，接着又驾轻就熟地坐到了离收银台最近的那张高脚凳上，“走啦，我知道你今天四点半下班。陪我去看场电影。”

“可是翘课的话……”程立昂拿着抹布歪了歪头，似乎是真的在犹豫，“不好吧？”

“哪儿不好啦，最后一节是体育课，我逃了也没事的。真的，我可是好学生。”

纪青青边说边笑，觉得自己现在就跟哄骗幼儿园小朋友的怪叔叔差不多——不过这么些天相处下来，她也的确觉得温温吞吞的程立昂像个干什么都慢一拍的小孩子——哪怕他有一米八，年纪也比她还要大上四个月，这些都是聊天时偶然搜集到的信息，不过她也没往深了问。年纪差不多的男孩不在学校读书却在奶茶店打工，想必也没有什么开心的缘由。

纪青青从小就特别精，知道尿了床得先把表弟抱过来之后才能放声大哭。

这次自然也不例外，不仅选了一家离自己家特别近的影院，还提前买好了两张票，说是公众号中的奖，犯不着程立昂非要出钱买可乐和爆米花——本来她也就是想和他看场电影而已。

虽然她已经看过一遍。

电影的女主角叫三七，是个孟婆。结局不知道算悲还是喜。总之，纪青青觉得还挺好看。前两天路过影院发现电影快下线了，她就立刻冲进影院又买了两张票——程立昂长得有点像男主，所以他也得看看。

程立昂看电影看得认真，纪青青看程立昂看得认真。

终于，被盯了半晌的程立昂不自在地摸了摸后脑勺，压着嗓子问道：“你不看电影吗？”

“不看，”纪青青干脆地回答，“你比电影好看。你看电影，我看你。”

“咳——”程立昂尴尬地清了清嗓子，末了还调整了一下坐姿。虽说他有一点夜盲症，但此时此刻却在庆幸影院是由黑暗主导，不然被纪青青看到他莫名其妙就烧起来的脸，还是挺丢面子的。他深吸一口气，本想迫使自己的眼神回到银幕上，可纪青青手机突然一亮，于是他又只好乖乖绕回有纪青青的世界小声提醒她一句，“你好像来信息了。”

不用想，准是娄江那家伙。

——青青，在干啥呢?

——纪！青！青!

——得得得，你是老大。问你啊，二中约我们几个明天放学打台球，去不去?

——不去。

——为什么？你不是挺喜欢打台球的吗?

——那我现在有更喜欢的东西了，行不行?

——哦，更喜欢的东西，你是指校门口卖奶茶那小子?

——娄江你怎么说话的？人家是人，不是东西。

——那小子的确不是个东西。

哼！纪青青发狠似的咬了一下自己的下嘴唇，正准备把手机直接塞回口袋里时突然又犹豫了一下。她想着反正拿都拿出来了，不如让程立昂再帮她抽张卡。说来心酸，她已经连续俩星期和R卡天天见了。

“喏，”她把手机递过去，“按一下召唤键，你抽过的，再给我抽一下。”

竟然又是一张UR卡。

纪青青看着程立昂一脸单纯无害却手持UR卡的样子，真的非常不能忍：“什么玄学？”

“什么？”程立昂将手机递回来，没有听清楚纪青青刚才说了什么。

纪青青摇摇头，又摆摆手，示意程立昂专心看电影就行。这会儿正好演到女主角三七被男主角长生欺骗后在说经典台词。她还记得她第一次看到这里时，前前后后都是女孩子的啜泣声。

——他好时，我便开心。我好他不好时，我不开心。

——只要他好，我好或不好我都开心。那方是真心喜欢，方是真心悦爱一人。

“哎——”

纪青青撑着下巴欣赏女主角的哭戏，但嘴又闲不住似的再一次找程立昂说话：“你说，这叫真心悦爱一人吗？你如果喜欢一个人，你觉得是怎么样的？”

“我不知道，”程立昂诚实地摇了摇头，“喜欢就是喜欢吧，随心走就好。那你呢？”

“我？”纪青青没想到程立昂这种打一棍子才放一个屁的性格竟然还学会了反问，于是她便直起身子，笑嘻嘻地朝他看，“我呀，没有女主角这么高的觉悟。在我看来，喜欢一个人呢，要么成为他老婆，要么成为他老婆的噩梦——不存在第三种情况了。怎么样，有点吓人吧？”

走出影院的时候，天已经彻底黑了。天上有细小的星星，还有偶尔吹来的湖风。

纪青青走在靠里边的位置，不知怎么就踢到了一块小石子。

“那个，我家离这儿挺近的，”她摇头晃脑地说着话，光顾着和小石子磕磕绊绊地玩，也没去瞧身旁人，“差不多拐个弯儿就到了。现在还早，要不你送我回家吧？”

“拐个弯儿就到的话那为什么还要送啊？”程立昂不太能理解，“你自己——”

纪青青抬起头翻了个大白眼，左右都没地儿撒气就只能一脚踢开小石子：“你赶紧滚。”

——不然我会忍不住想揍你，哪怕你刚给我抽了一张 UR 卡。

3. 来，跟着我念

程立昂从奶茶店消失了，招呼都不打一声地离开了。

纪青青起初没当回事，以为是店里内部调整了轮班名单而已。但当她连着一个星期不见程立昂的人影、发出的信息也石沉大海时，她才终于鼓起勇气问了问前台正在打包柠檬茶的女孩子——真奇怪，她踢附衍一中老大娄江的屁股时都不带一丝犹豫的，怎么现在打听一个做什么都慢半拍的男孩子还扭扭捏捏起来了。

“那个，程立昂人呢？”

“走了啊。”女孩子手脚麻利地打着包，回答的过程中头都没有抬一下，“上个星期就走了。老板也不知道他为什么辞职，明明还有两天就能领这个月的全勤奖了……哎，好了，三杯柠檬茶好了！”

“哦，好。谢谢。”

火急火燎不是纪青青的行事风格。

那么大一个人，还能丢了不成？更何况，那么大一个人，跟她有什么关系吗？

无非就是没心情玩游戏罢了。不玩也好，省得抽一堆R卡糟心。

于是她又等了一星期。

纪青青按照当时程立昂曾说过的模糊的住址找了过去，可问遍了整条街后，那里的小贩都只说，我们这里从来没有住过什么年轻的男孩子，好看的更是没有。

骗子！纪青青站在人来人往的海鲜市场外咬牙切齿地骂道。

大骗子！

倒霉的娄江就是在这一刻发了一条短信过来。

攥在手心里轻微振动的手机在一瞬间平息了纪青青的愤怒，但看了一眼消息发件人之后，抛到半空中的惊喜挨个落地，火气一砸一个准。

——青青，干啥呢？

——关你屁事？

——嗯？怎么回事，都不纠正我了啊？

——娄江，我问你个正经事。

——领导指示一下。

——是不是你把人欺负跑了？

娄江在那头似乎沉默了很久，久到纪青青都开始考虑是不是应该随便喊辆车杀到他面前时，他的信息才姗姗来迟。

——纪青青，你是真傻还是假傻？

纪青青想了想，以她考前一周突击复习拿前十的成绩来看，她绝对不傻，可是关于程立昂并不是迫于生活辍学打工这件事，她又的确摸不着头脑。

所以程立昂是在骗她吗？可事实是她在自作聪明，以为避开了他藏在背后的无奈和伤痕，甚至还一度沾沾自喜地觉得体贴。看来成绩不能说明一切，她纪青青偶尔也会犯一次傻。

——他是叫程立昂没错。

——但是人家不是什么奶茶店打工的穷小子。

——我们邻市不是有所私立高中嘛，程立昂就是那里的学生。

——我知道这事儿还是我一个在那儿读书的远房表哥告诉我的，说他们学校的校草跟家里闹了别扭，不喜欢那种被安排好的人生，不愿意出国，就从学校里溜了出来。

——我觉得挺有意思，就问了一句那人叫什么名字。他说叫程立昂。照片也没错，就是他。

纪青青翘了最后一节课到的海鲜市场，所以此刻天色中还透着最后一丝亮光。

她踏着夕阳踢着石子一路慢悠悠地朝家里走，走了大概四十分钟，小石子也大概换了四五颗，这才发现向来空荡荡的小区拐角处停了一辆看起来很贵的车，于是她下意识就收住了脚。万一踢到人家车上面，说不定卖了自己都赔不起，毕竟一人做事一人当，绝对不能连累父母……

纪青青就这样漫无目的地任脑中思绪发散，哪怕程立昂已经站到她面前了，也还是没有反应。

"我……"

"闭嘴。"

程立昂规规矩矩地穿着私立高中的校服，又规规矩矩地在纪青青简短的命令下闭上了嘴。

"对不……"

"说了闭嘴。"纪青青咬了咬下嘴唇，直勾勾地盯着泡在最后一圈黄昏光影里的程立昂，她知道自己一见他就莫名地没了脾气，"抽张卡，你遁地消失的这大半个月，我都没玩过游戏了。"

程立昂一回生两回熟，他按下召唤键，明晃晃的 UR 卡。

"喂，"纪青青哭笑不得地看着一脸无辜的程立昂，忍不住诚心发问，"你们贵族学校是什么欧洲人培训基地吗？怎么回回抽的都是 UR 卡？”

“我……我也不知道，”程立昂挠了挠后脑勺，又小心翼翼地试探，“你不生气吧？”

“生气？”纪青青挑了一下眉，扬起下巴朝他笑，“来，跟我念。”

“纪青青最讨厌奶茶里面加椰果。”

“纪青青最讨厌奶茶里面加椰果。”

“以后‘遁地’前一定要通知纪青青。”

“以后‘遁地’前一定要通知纪青青。”

“程立昂发誓要帮纪青青抽完所有的 UR 卡。”

“程立昂发誓要帮纪青青抽完所有的 UR 卡。”

“最后一句——”纪青青一边将眼神挪开一边清了清嗓子，“程立昂有一点点喜欢纪青青。”

“程立昂有一点——”话说到这里，程立昂却突然停了下来，“这句话不能跟你念，得跟随我自己的心来念，”说罢，他看着纪青青垂下的睫毛，一字一句道，“因为程立昂有好多好多点喜欢纪青青。”

小编有话说：

姜宰小仙女的故事，像极了她本人，甜甜的、少女的、俏皮的。故事的标题来自一句曾经让我落泪的台词——“只要他好，我好或不好我都开心。那方是真心喜欢，方是真心悦爱一人”。看完故事的我，很想告诉纪青青，程立昂不止一点点喜欢你哦。

你是六七级的风

文 / 打伞的蘑菇

风速表上说，六级电线有声，
七级步行困难。
那个时候的风可能有六七级，
刚好够我喜欢你。

1

叶襄最近学了个新词，叫“萌新”，说的就是像她这种初来乍到什么都不懂的人。不过，叶襄并不怎么喜欢这个称呼，总觉得带了点歧视的意味。

气象环境课题研讨小组的分组会议上，叶襄坐在最后一排靠近后门的地方，整个报告厅零零散散地坐着他们大一一百来号新生，前面是几个高年级的学长。就跟领导开会一样，特别有阶级意识。

叶襄在下面有些如坐针毡。

在她的认知里，进了大学就是天堂，可以胡作非为。哪里知道他们这个专业刚进来就得分什么学习小组，大一新生必须找到肯带自己的大三前辈，然后接下来大学生涯里的户外环境研究课程就都由前辈来带领。

就是他们所说的，大佬儿带萌新。

说不清为什么会有这么一个制度，总之想要顺利毕业，这事就跟打地基一样，特别重要。

台上各组组长正依次发言介绍本组情况，旁边的室友听了一会儿，凑过来问叶襄：“想好了选哪个组没有？”

叶襄抬起头眺望了两眼，想了想，说：“就最边上那个。”

“章寒？”风向研究小组的组长，章寒。

叶襄压根就没看清他的名字，点点头，说得一本正经：“就他最好看了，好歹要跟几年，总得选个好看的，不能亏待自己的眼睛。”

“话是这么说，可是你知道多少人排队进他们组吗？”

叶襄有些意外，不就是分个学习小组吗，怎么跟后宫选妃，多少人等着进长乐宫一样？室友看叶襄不以为然，懒懒地解释：“谁不知道章寒学长他们研究风向课题小组有多厉害啊，进去了啥课题研究啊、毕业啊都是信手拈来的事，所以人家都在之前军训的时候就跟学长们搞好关系了，你现在想去还真难。”

事实证明室友的话真没错，叶襄的好高骛远导致她到最后也没找着小组，一个人站在报告大厅后门那儿，跟一片被抛弃的枯叶子一样，特别可怜。

她叹了口气：“不会真的没人要了吧……”

“有的。”淡淡的两个字沉沉地落下来。

叶襄抬起头，只看到一个侧影，比她高出一个头的男生穿着黑色的棒球外套，像一阵风一样从她身边掠过。而刚刚若有似无的两个音节立马被室友的声音盖过，叶襄愣了一会儿，都有些不确定他是不是真跟自己说话了。

“小叶子，他刚刚是在跟你说话吧！”

“……”

“他好像也是风向组的学长哎，叫什么来着？”室友在旁边嘀咕了半天，忽然记起来，“啊，季风学长！”

“啊！他好厉害的！”

厉害吗？叶襄没理会旁边室友的碎碎念，眼睛一直盯着那人。

她看着季风长腿阔步地走到统计人员那边，弯下半边身子跟统计分组的人说了句什么，眼角眉梢有干净明媚的笑意。然后他朝着她看过来。

目光相撞，叶襄不知怎么就看懂了他的口型。

他说："过来。"

叶襄犹豫了一下，还是抬了腿。

真乖。季风笑了笑，指着自己组名单上的空位，说："加个人。"

"哪儿来的？"统计名单的人莫名其妙地看了一眼前面跟一只乌龟一样爬过来的女孩问道。

季风想了想，说："捡来的。"

2

研讨小组的组长对于他们这些小萌新来说，就是如同辅导员一样的存在。周围没有人不羡慕叶襄进了风向组的，说是抱上了大腿，就不用对学业发愁了。

可什么叫抱大腿啊？叶襄怎么听这话都觉得带着一股浓浓的讽刺味道，有一种都市频道每天放的那种灰姑娘嫁入豪门一辈子不愁吃穿的意思。

可是不是这样啊。

室友缠着叶襄问了好几天："说，你是不是跟季风学长有什么猫腻？"

哪能啊……

叶襄也是进了风向组才知道，季风才是风向组的组长，而那个叫章寒的其实是副组长，只不过因为季风常年掉线不在组，加上要毕业无暇顾及这边，所以章寒担任起了组长大任。

“要不为什么他破例一句话就把你拉进了风向组？”

叶襄苦不堪言：“他就是人好，见我没人要收留了我。”

谁信?

叶襄也觉得挺没说服力的，总不能说，季风他妈妈是她初中语文老师吧。

可是就算是这样也不至于像室友想的那样。毕竟她跟季风之间，就真的只有这么一层关系而已。而那一次若有似无的“有的”两个字，好像也是记忆里两人之间唯一的一次语言交流。

不对，根本算不上交流。

那算什么呢?

叶襄在风向组待了两个星期都没有再见到过季风，倒是章寒每天布置了不少课题任务下来，负荷大到她根本运转不过来。

果然这就跟高中时的快慢班一样，进了这重点小组就得活得颤颤巍巍的。

周五下午的时候，叶襄负责留下来做记录。

章寒拿了实验课题过来，喊叶襄帮忙整理记录一下。

叶襄想拒绝的，毕竟自己才来没多久，还是个新生，可是章寒只是看了她一眼，说：“这里也没其他人了，随便弄吧。”

随便弄……

话是这么说，可后来还是没能避免地在数据上出现了一点错误，章寒还在周一的常规晨会上大发雷霆，总之就是对自己的临时组员狠狠地批评教训了一番。虽然没有说是谁，可当周围冷冷的目光看过来的时候，叶襄觉得鼻子有点酸。

她才没有眼高手低，也没有什么大腿抱滑了，明明也有拒绝过的啊。

头顶吱吱呀呀的电风扇扔下来的风吹得她眼睛红红的。散会的时候，整个人跟霜打的茄子一样，叶襄耷拉着脑袋最后一个走出报告厅，都没看见擦肩而过的人。

季风环着手靠在门框上，因为快要毕业的关系，本来是打算来跟章寒交接一下工作的，不小心就目睹了叶襄被骂的样子。

他皱眉看着坐在人群之中的她。

她始终低着头弓着背，季风觉得自己好像看见了她头顶耷拉下来的一对耳朵，就像一只受伤的兔子。

直到她蒙蒙地从自己身边走过，季风想，怎么会有人狠心去欺负一只这么可爱的兔子？

季风抿了抿嘴角，临时召集了小组会议，算是自己毕业前最后一次滥用职权。

3

叶襄真的以为自己要被风向小组踢出来的，却没想到还是收到了小组任务，还是户外任务——标本采集。

叶襄想了想，大概踢人这回事也需要当面说吧。明明已经准备好了再去受章寒凌辱一番，可是周末在学校门口集合的时候，却没见到章寒了。

她心里慌，旁边不知谁说了一句，副组长吗？他被踢出去了，以后就不带新生了。

什么叫被踢出去了？这么想着，她就看见了前面的人。

季风站在一堆人外边，像一棵挺拔的小白杨，叶襄偷偷看他，如果能让一个组里的副组长退组的话，应该就只有组长有这个权力了吧……

可是，为什么？

这么想着，季风忽然转过头来，视线相撞，叶襄这才意识到自己已经看了他很久了。

“不是都不带人了吗，怎么过来了？”有人走到季风旁边，问。

季风目光扫视了一圈又收回来：“没事，过来看看。”

“有什么好看的，每年不都这样？”

也对，每年都一样。

总是不经意间就看到那个小朋友在他的周围，初中高中，再到现在，如果还感觉不到这点小心思，他未免也太蠢了。

想到这里，季风不免有些好笑。他看了那边一眼，没事，就假装不知道吧。

身边人还在叽叽喳喳：“我也早觉得章寒这人人品不行了，多少次都把自己的责任全推到别人身上，这一次还是刚来的小学妹，人家明明又乖又漂亮的，章寒也真骂得下去……”

那人准备接着说什么的时候，就注意到了季风的眼神。

“你好像挺闲的，这样吧，待会儿学校后面那座山的土壤分析就交给你了。”

啊，为什么？！谁不知道学校后面那座山最大了，一圈土壤植物光采集下来就要命了好不好？那人据理力争：“我跟小叶子学妹是一组的啊，好歹有个女生，哪能让她受那个苦！”

小叶子学妹？

季风想了想：“既然这样，那你一个人去吧。”

……

叶襄找了半天与自己一队的组员，可是不知道是不是自己看错了，就没发现这么一个人，她拿着名单问身边的人：“这个学长来了吗？”

“他啊，刚刚已经出发去学校后山了。”

“走了？”叶襄有点儿蒙了，抬头看见季风正朝这边走过来，“那我……”

话音落下，季风刚好走到。他笑笑，说：“你和我一组。”

4

所谓的临时小组，就是两个人或者三个人一队，分别去不同的地方收集气象标本，研究风对生态系统的影响。

所以最后自然是季风和叶襄一队。

不过这对叶襄来说就有些不利，孤男寡女，好歹都是成年人。没毛病，叶襄算了算，自己还真的是上个月刚成年。

“还好？”季风走着走着，没头没脑地就问了这么一句话。

叶襄不明所以，点头：“嗯。”

季风停下来看了她一眼，从她手上接过书包，有些无奈地说：“用不了多久，我们这边完了就可以回学校了，晚上应该是聚餐时间。”

叶襄一直觉得男生替女生背包是一件很矫情的事，可是眼下也没能抓住自己的书包，她说：“我自己来吧。”

前边传来一声无奈的叹息：“你来拿标本，小心点，别弄坏了。”

一抔土而已，能怎么弄坏？叶襄却不再挣扎了，乖乖地做记录员的事，想想不说话又有些尴尬，随即开口：“晚上聚餐大家都会到吗？”

“一般是吧。”

“那章寒学长呢？”

季风回过头，叶襄解释：“其实那件事不怪章寒学长，他要我跟他一组的时候其实我还小小地开心了一下，毕竟有大佬带吗。可是数据错了就是我的问题，我得向他道歉。”

季风转过头，不知道在想什么，说：“会的。”

大概是一两个小时后，叶襄觉得自己已经快走不动了，刚刚才说的不累简直是打脸。

季风似乎察觉到了她的疲惫，侧头看她。

叶襄立马精神抖擞，说：“学长我还好。”

“我不好。”

“啊？”

季风皱眉：“我们可能迷路了。”

“啊？”

幸好只是一座不算大的公园山，季风好不容易找到信号，给组里打了个电话，报了平安。

叶襄也不知道他说了什么，看见他挂断电话走过来，就跑上前去问：“怎么样，他们会来救我们吗？”

季风看了她好一会儿，说：“救不了了。”

什么意思？叶襄心里一沉，才反应过来，说道：“学长你逗我玩呢？”

季风低笑了两声没说话，后来又停下来等她：“山上有援助站，真迷路还不至于，只不过时间要花久一点，可能就赶不上晚饭了。”

那就是逗她了，害她刚刚还流了一身冷汗。

叶襄跑上来，和季风并肩往前走。

季风问她：“如果真出不去怎么办？”

还能怎么办，叶襄想了想：“就找个山洞点堆火躲起来。”

季风笑，也不是不好，早知道就不用担心怕吓到她了。

从山林里走出来的时候，天已经黑了。他们在援助站待了一会儿，后来还是被巡山保安送下来的。

叶襄坐在巡逻车上有点儿发蒙了，一边是漆黑的山路，一边是山下城市的霓虹灯光，仿佛看到了一条银河落在地上。

季风在旁边问她：“怎么样？”

“什么？”

“不是说跟着章寒的时候会很开心吗？”季风说，“那，跟我一起呢？”

叶襄侧头，忽然觉得星星好像落进了他的眼睛里。

“你可是大大佬。”叶襄嘀咕了一句。

本来以为他没听见，却听季风笑了笑，说：“叶襄，要不以后都跟我一起吧。”

末了，他又补充：“大佬带你。”

5

叶襄还记得自己第一次见到季风是在初中语文老师的办公室里。

那个时候她是语文课代表，下课送作业的时候就看见语文老师在办公室里教训一个人，叶襄还以为是哪个班不听话的学生，走近了才听见语文老师一副恨铁不成钢的语气：“你看看我们班小叶子，又乖成绩又好，我都巴不得把你赶出去让她来做我女儿了。”

那个时候季风已经长成了少年挺拔的样子，极其不屑地看了她一眼，然后说：“小朋友……”

小朋友怎么了，你不也没大多少。

后来叶襄和另外几个学生经常会被语文老师叫到办公室写作业，每一次都不出意外地看见季风。

语文老师说：“你不用多想，就跟在教室里一样，我就想让季风学学你的学习态度。”

也没什么好多想的，叶襄平时埋头写自己的作业，季风也不会来打岔，常常在后面一言不发，她偷偷看过去的时候，才发现他要么是在睡觉，要么是在发呆。

总之，那个时候她还不明白自己为什么会偷偷看过去。

直到后来上初中、高中、大学……叶襄回过神来的时候，才惊觉自己所走的每一步都是沿着他的轨迹。

至于，为什么呢。

叶襄想，风往那个方向吹，叶子就是要往那个方向飘的。

那次户外课题活动之后，季风出现得更加频繁了，明明一个快要毕业的老人家，却跟个新生一样成了固定组员，还这么照顾她。

周围难免有人会说闲话。

不过，季风也就听到过一次：副组长的大腿没抱上，这小萌新居然还紧紧抱住了组长大腿，厉害。

季风觉得好笑，抱大腿……如果真是抱大腿，这位小朋友可是一次都没有抱过他呢。

可叶襄就觉得委屈了。什么叫抱大腿啊，他都不管管的吗？明明那个晚上都说好了，明明……

不对，叶襄叹气，也许季风的那些话并没有她理解的那些意思呢？她忽然有些慌了，犹豫好久，也只敢打电话给他，问："季风。"

"嗯？"

"那天晚上你说的话……是什么意思呢？"

季风沉默了好久，反问："你觉得什么意思呢？"

叶襄不说话了，心里酸涩得不行。她正准备就这么挂了电话时，却听见那边的声音又响起来："叶襄，你回头看看。"

果然，季风就站在她的身后，大概是刚开完小组例会，教学楼的人来人往里，他还是最好看的那一个。

风吹得他头发有点乱。季风说：“叶襄，你记得风速表吗？”

“嗯？”

“风有六七级的时候，风速是 40 ~ 60 千米每小时，大浪白沫离峰，破峰白沫成条。”

“什么意思？”叶襄不明白，可是心忽然跳得很快。她知道的，风速表上说，六级电线有声，七级步行困难。

就像刚遇到季风的那个时候，心里忽然掀起了一阵风，有个声音在叫“不要看他不要看他”，可是已经晚了，在他周围的每一刻，她都寸步难行。

她忽然想起第一次和季风说话的样子，语文老师办公室的前后桌，季风坐在后面懒洋洋地看着窗外，说：“风好大。”

叶襄说：“可能有六七级吧。”

那个时候的风可能有六七级，刚好够我喜欢你。

叶襄觉得自己握着电话的手开始冒汗了，季风却笑了一声，说：“叶襄，你过来。”

“就是你想的那个意思。”像是忽然回答了她所有的问题，人来人往，全都能听到他的答案。

他说：“叶襄，以前我得向你学习，可是现在……有条大腿，想抱抱你。”

小编有话说：

伞哥这个故事，男女主角的名字取得好心机哦。风往哪个方向吹，叶子就是要往哪个方向飘的。所以呢，季风注定会追上叶襄。没错！

Chapter 2 平生欢

身边有你，我便有勇气去奔跑着、幸福着。

他是我的命

文 / 野榈

我这条命，
是你捡回来的，
那就是你的了。

1

用餐区在岛的中心位置。

山竟围岛跑了一个上午，整整五圈，小腿上各捆着五公斤的沙袋。

他到达用餐区的时候，已经是十二点一刻，岛上一半的人已经吃完饭，凑在水池台前洗碗筷。

留着络腮胡的中年男人开着水龙头，问旁边的小个子男人：“那个，体力不错啊。”

小个子男人说：“山竟啊？特种兵出身，昨晚我们房间的人还在赌，这次他准能拿下优 A 的名额。”

“特种兵都来了。”中年男人骂骂咧咧，手习惯性地往兜里掏，光摸着火机，烟早在上岛前给没收了。

山竟坐在石台上，一瓶水、一个面包，午饭就当解决了。

用餐区有安排大妈做饭，只是岛上条件有限，菜色不好看，味道也一言难尽。

不是他讲究享受，当初在部队里越野训练的时候，他连树丛里打的蛇都连血带骨地吃过。

来的第一天，用餐区的大妈就问他：“小伙子还没女朋友吧？我家外甥女年纪跟你差不多，回去我给你介绍介绍。”

那俨然拿他当自家人比别人多打的一份肉，让他在第一个晚上就被眼红的人告去了带队队长那里，操行分榜单上，被扣了两分。

就着水，他啃了大半个面包，旁边突然坐下一个人。穿着迷彩短T恤，头发用拇指粗的树枝扎着，露出晒得黝黑的脖颈。

她掏出一块巧克力："补充糖分，下午训练够呛。"

山竟没接，他看着三三两两结伴离开的人，顺手擦了擦额头滴下来的汗。

水池台前没人，待会儿可以洗个头。

天太热了。

贝珊珊也不退缩，等着他啃完面包，见他起身的瞬间，把巧克力塞进他的裤兜里。

眼疾手快，要是被队长看见了，肯定觉得她是根好苗子。

2

南宕计划是南宕岛三年一次的军事训练比赛，参赛的都是社会上的各类人，目的也各不相同。

训练时间为期十五天，最后获得优A名额的选手将会被送往距离南宕岛百公里开外的丹辽岛进行魔鬼式的特种兵训练。

下午的训练口哨一吹响，操练场上的人各自站队立正。

山竟是最后一个晃晃悠悠而来的，嘴里还叼着一根树枝，并入队列里。

下午的训练是擒拿格斗术，带队队长一声口哨令下，两两为一组。山竟的搭档是个二十岁出头的小伙子，咧着嘴，跟他笑："竟哥，他们都说你是最狠的，我就是来体验下军事生活的，别对我太用劲儿啊。”

山竟顶开迷彩帽，看了他一眼，不轻不重地点头，招式已经上手。

擒拿格斗讲究快、狠、准，山竟一出手，对方就已经滚在了他的脚边。

小伙子吭哧吭哧出声，开始还笑着，后来就觉出不对劲了，山竟出手越来越狠，最后索性将衣服一脱，打算赤膊跟他一战。小伙子最后被打得如落败的丧犬。

“你想玩死我是不是？”

周围的人听到这边的动静，纷纷停手看热闹。

来这里的人大多是被迫的，好些人都是来自叫得上名的公司，被抽签送来这个鬼地方，美其名曰是加强身体素质，其实不过是为了向外竖立公司的正面形象。

跟山竟一组的小伙子也是如此。二十岁出头的年纪，公司新来的实习生，最后被一纸下放来这里，承诺他完成训练就签正式合同，年轻人就当来玩一遭。

只是来玩一遭，他可不想把命交待在这里。

索性闹得大些，回去了，这工作不要也算了。

贝珊珊冷眼瞧着小伙子毫无章法的攻击拳法，招招利于敌人攻破命门。

山竟没下狠手，但是他在部队里待了五年，哪里晓得什么是轻什么是重?

旁边看热闹的人瞎起哄，小伙子脸上羞愧难当，最后挥着拳头，怒吼着向山竟冲了过去。

“咣”的一声，拳头砸在右脸上，山竟倒在了沙石地里。

又是一阵哄闹声，优 A 的最强竞争者不过也是条软泥鳅。

贝珊珊站在人群外，扑哧一声笑出来。

3

演练结束前的最后一个晚上，是定向越野训练。

定向地点是隔壁岛屿的整个岛上区域，以最短时间到达所有点标者为胜，完成可以即刻返回南宕岛休息，没有完成的人员将在无任何支援的情况下在岛上待上一整晚。

山竟坐在几根乔木树干捆扎成的木筏上，一手拿着地图研究着，一手撑着木桨。

贝珊珊最后一个上来，解开绳索，坐在山竟的旁边晃动着另一根木桨。

“有信心没？大家对你夺冠可是下了不少赌注。”

她说的“大家”，是指白天看热闹的那拨人。

来南宕岛的时候，所有人都要例行检查背包，除了必要的生活用品，诸如纸牌、电子产品一类的娱乐物品都被没收，睡在一间房间里的男人除了聊女人，就是口头下注。

山竟轻轻点头，划过湛蓝的海水。他拿出军用壶灌了一整瓶海水，背在后背上，谁也不理。

后面的男人晃了晃贝珊珊的腿，跟她说：“丫头，待会儿上岛后你可得小心，听指挥员说，林子里有不少带毒性的蛇，到时候留疤不说，要是中毒了，这医疗条件也难保救得回来。”

贝珊珊回应他：“谢陈哥提醒，来的时候我问做饭大妈要了雄黄，放包里背着呢。”

陈哥点点头：“小姑娘也糙，跟着一帮大老爷们儿来这地儿上山下海的，以前当过兵？”

“没，喜欢，以前想报军校，我家老爷子不让。”

路上无聊，陈哥又问她：“咋就想报军校，一般女孩子可不愿意受这累？”

贝珊珊想了想，说：“我的命在那里。”

平日里没消遣的活动，待久了，连男人也开始八卦起来。

一旁的小年轻问她：“贝姐，说说咋回事呗。”

贝珊珊十五岁那年，一家人出海旅游，赶上风浪天，一个滔天巨浪把游艇翻了个身，巨浪里她被海水推着走，最后被推上一个叫不出名字的小岛上。

本以为荒无人烟的小岛上，却升起了黑烟。

浑身湿透的贝珊珊循着烟雾找到一堆没燃尽的柴火，她在柴火堆边上坐到天黑，一个影子在她的身后闪现。

“你是谁？”

“贝大珊。”

“怎么出现在这里？”

“海浪把游艇吹翻了，我一路漂到这里。”

……

4

下岛的时候已经是晚上八点半，根据地图上标识的定点距离和地点，最快也得花上两个小时。

偏偏这个时候，天上开始飘起了小雨，打在灌木林里的芭蕉叶上，声音沉闷厚实。

左肩上镶着红色指挥徽章的男人立定敬礼：“五分钟后，定向越野训练正式开始。你们可以自由行动，也可以组队行动，一队不可超过三人，最后成绩按照到达原点的先后顺序统计。明白了吗？”

“明白！”

一百个人昂首挺胸地答道。

“开始！”

山竟率先进了灌木林，与人同高的灌木丛里荆棘不少，刺在短袖遮蔽不住的胳膊上，留下一道一道的血印。

脸上涂抹着迷彩，防了夜间里不少的蚊虫。山竟拨开一丛灌木，小心谨慎。

在部队的五年里，做了无数次的演练，记忆里一次比一次惊险刺激。爆破、群狼、山洪，他在死境里逃脱过不少次，身体比大脑更敏感，更先做出决定。所以，当他听到身后隐隐的树枝晃动声时，腰上的匕首已经待命。

“嘶啦——”

声音更近。

“嘶嘶——”

山竟眼睛一刻也不敢放松地盯着声音的来源处。

眼前的灌木丛被拨开的瞬间，他一只脚勾绊住对方，另一只脚使力禁锢住，利索地翻身用一只手圈住对方的脖子，一只手压制住对方的胳膊。

“啊——疼——”

是个女人的声音。

贝珊珊疼得龇牙咧嘴，胳膊往后抡了一圈，骨头好像松了。

“哎——”她叫了声前面没停脚步的山竟。

山竟没理她，心思全放在地图上。

“我胳膊好像脱臼了。”贝珊珊委屈地说道。

泪水在眼眶里转啊转，就是掉不下来。

“山竟——”她不死心。

“山竟！”她蹿到山竟面前。

山竟绕过她。

贝珊珊被彻底无视了，一股火从心底涌上脑门，她顾不得场合叫道：“AKC77493——”

AKC77493，是山竟曾经做特种兵的代号。这一串数字在他的脑海里刻了八年，没想到还有人记得。

那是 2015 年的夏天，他接到任务去乌榄洲搜救被海盗绑架的十八名出海渔民。乌榄洲附近没有可暂时停靠的隐秘小岛，船只容易暴露，他作为搜救队员，在海水里待命。

命令发出的片刻，他们准备匍匐上岛，通信设备却断开了连接，他潜入水下，说话的时候有咕噜声。他说：“AKC77493 已接近目标，是否行动？”

等了很久，都没有人回答他。

十分钟后，通信设备发出电流声，孱弱的声音断断续续地说道：“AKC77493，任务取消，现在……现在撤退。”

那是他最后一次以代号 AKC77493 执行搜救行动。那场搜救后来被人称为“乌榄行动”，派出的十三名搜救人员，仅有一人生还。

队里对他进行了一个月的审查，最后离队。

5

山竟帮贝珊珊接好胳膊，这时大雨倾盆而下。

两人坐在芭蕉叶子搭起的小帐篷里，风吹得人身体凉飕飕的。贝珊珊握着树枝在地上乱画着，最后无奈地问：“你真的不记得我了吗？”

贝珊珊，我是贝大珊啊。

那段流落在岛上的日子，她跟着 AKC77493 搭伙过着。

听说他是来演练的，为期一个月，现在已经过半。

“那你什么时候走？可以带上我吗？”她转动着火架上的烤鱼，因为没有油，只能闻见一点点焦煳的味道。

AKC77493 擦着枪，点点头。

“到时候可以送你去就近的海岛上，那里可以通电话，你可以联系你的家人。”

贝大珊撕开鱼皮，里面的鱼肉焦焦的，让人的食欲瞬间上来。

她掰开鱼头，把鱼肉全给了 AKC77493。

跟在AKC77493身边的这几天，她几乎掌握了所有的荒野求生本领，抓蛇、摸鱼、入水、上树……AKC77493无意教她，可是她跟在他身后寸步不离，看得仔细，上手也快。

啃完一个鱼头，她擦擦嘴，挽起裤腿往海里去："我下去再摸一条上来。"

AKC77493看着手里还热乎的鱼身，转了转脖子，吃了起来。

山竟点点头，终于开口说话："记得，贝大珊。"

当年还只有十五岁什么都不懂的女孩，现在已经可以独当一面孤身参加这样的军事训练。上岛的第一天，他就认出了她。

贝珊珊问他："后来我给你写信，你为什么不回我？"

那时把她送到安全的岛域上后，他得抓紧时间回部队。

十五岁的女孩子眼泪珠子金贵又奢侈，一串接着一串挂在脸上，她扯着AKC77493的迷彩衣角，问他："我能给你写信吗？"

AKC77493看着她，没有说话。舱头的队长催他，他问旁边的人借了支笔，在她手上写了个地址。

后来贝珊珊依照那个地址写了好多信，一封没回，她就再写，两三封地寄，一直到她成年。高考的时候想要报考军校，她背着登山包坐了两天三夜的火车去找AKC77493。

得到的回复却是，没有这个人。

他留的，是他的本名。

可是，没有人知道他叫山竟。

6

“那些信，你都收到了吗？”贝珊珊问他。

树枝都被雨淋潮，山竟从迷彩包里取出锡纸和手电筒，抠出电池，把锡纸撕成细条，搭在电池两端，生起火苗。

他专注着眼前的事，隔了好久，摇摇头。

贝珊珊有些气馁，她蹲在渐渐旺盛的火堆前，脸被映得通红。

这些年，她一直想靠近他一些。即使力量微不足道，即使不知道走哪条路，但是她想，总能遇到。

如今，遇到了。但是好像，努力都白费了。

雨势丝毫不见减小。

贝珊珊在雨棚前站了好一会儿，最后忍不住问：“你的地图呢？”

山竟将地图递给她，黑色的字迹已经被雨水洇开，上面看不出任何标识。

她说：“怎么办？我的地图刚刚扔到火里生火了。”

山竟耸耸肩：“我都记下了。”

十八个地点标识，他已经在脑海里生成了一张连接地图。

贝珊珊跃跃欲试的样子：“那咱们现在就走吧？已经耽误了好些时间了。”

雨滴砸在芭蕉叶上，山竟有些犹豫。他一个人不成问题，只是他不晓得贝珊珊吃不吃得消。

灌木丛里有蚊虫和蛇蚁，路被雨水冲得稀烂，对一个女孩子来讲，多少有些牵强。

贝珊珊看出他的迟疑，不服气：“不要小看我，好歹我也是你教出来的学生。”

短短的十天，是贝珊珊心里最美好的一段记忆。

起了雾，路不好走。

两人一前一后，脚印重叠。

贝珊珊的体力比他想象的要好，在大雨中徒步快一个小时，她的速度一点也不见减慢。

两人深入山沟里，山竟听见深沟里的呼救声。

是留着络腮胡的中年男人，一只脚卡进石缝里，挣脱不开。

两人合力把中年男人救了出来，在沟上休息的时候，没想到男人发狠，将两人引进沟下的山洞里，抢走了他们装着所有物资的背包，瘸着腿跑了。

对于在城市里安逸了几十年的中年男人来说，这个鬼地方，简直是噩梦。

他的背包被别人抢走了，一路追到这里，脚却陷进了石缝里。

有人害他，他也害人，就此循环，总有人能回到原点。第二天，就会有人来救他们。男人想。

可惜跑出山沟后，他才发现包里没有地图，庆幸军用壶里还有水，仰头一口闷下，呸，海水！

7

山洞高十米，四周是松散的泥土，一碰就扑扑簌簌地往下掉，混进积水里，变成泥浆。

没有可支撑的攀登点，意味着两人只能等明天的救援。

贝珊珊坐在地上，积水把裤子打湿了，她一点也顾不上。

焦虑的情绪在山竟的沉默中一点点积压，以至于后来她听见丝丝风吹草动就神经紧绷。

前半夜相安无事，山竟坐在她对面的位置睡熟了。她靠过去，在黑暗中仔细瞧他的脸。

跟三年前毫无变化，眉还是眉，眼还是眼，坚毅的下颌线像利刃一样，仿佛可以撕开黑暗。

她在无数个夜里，都梦见这样的一张脸，就睡在离她不远的地方，怀里抱着枪，月亮藏在云后，他特意起身给她披上一件外套。

被送回安全岛域后，有人问她——那个背着枪的男生是你的什么人？

直升机嗡嗡地飞上天，过肩的头发被吹散在半空中。

她抬头看着舱门边上一脸严肃认真的男人，说："是我的命。"

我这条命，是你捡回来的，那就是你的了。

她伸手摸着山竟的脸，像十二月份大雪里的霜山，每一下，都冰凉得刺进她的心里。

水流就是在那个时候涌进山洞里的。

山竟醒过来，本能地抓着贝珊珊的手。

一夜的大雨，山沟里积水不断，最后汹涌流进山洞里，渐渐淹过膝盖、胸口，最后没过两人。

即使受过专业的训练，可是长时间的水下闭气只能是等死。

贝珊珊的体力渐渐不支，山竟的脸上闪过慌乱，他抓着她的肩膀，嘴对嘴地给她过气，两人的气息慢慢变得微弱。

千钧一发的时候，山竟一脚蹬进泥土里，一只手抠进头顶没有浸水的泥墙里，一边嘶吼，一边用力，直到半个胳膊都嵌进墙里，足以支撑两人。

他喊："贝珊珊，醒醒。"

贝珊珊的意识越来越模糊，她强撑着眼皮，看着山竟张合不停的双唇，还有他眼里闪动的晶莹。

8

梦里，贝珊珊看见山竟站在部队大门前，神圣地一鞠躬。

对山竟来说，部队就是他的家。他从小无依无靠，十四岁那年被选入军校，然后进入特种兵训练营，一待就是五年。那是他人生里，最骄傲最有战斗力的五年，所以，即使是现在，他也想回家。

他之所以参加此次军事演练，不过是想重回特种兵部队。

贝珊珊醒来的时候，第一批队员已经被送离南宕岛。

因为她的身体原因，将在晚上跟随最后一批队员离岛。

她问指挥队长："成绩出来了吗？山竟怎么样？"

指挥队长说："第二名，已经是很不错的成绩了。"

贝珊珊不甘心："有没有办法能让他加入魔鬼营？"

指挥队长摇摇头，这不是儿戏，不是求两句情，就能解决的事情。

黄昏里，山竟坐在海边的石台上。

贝珊珊在他旁边坐下，余晖落在她的脸上。

她问：“接下来，你有什么打算？”

她知道，这三年里他一直在各地参加军事训练，而目的只有一个。

山竟指着只能看见一角的海岛，说道：“那里，有特种兵的训练营。”

贝珊珊振奋：“我陪你一起去。”

山竟摇摇头。

“贝珊珊。”

“我在。”

“我围着岛跑一圈两圈三圈十圈，都会跑回这里，”他看着她，“因为这里是原点。”

因为这里有你。

在她昏迷前，山竟一直给她讲着这三年，他一步一步地绕了无数个圈，还是回到原点。

那个地方有他的骨头和血肉，可是没有他的灵魂。他一直寻找家，从来没有想过给自己搭间屋子。

那些寄来的信，每一封他都有收着，在站岗的夜里，一字一句背进脑海里。那个十五岁的女孩，也一直在他的心里。

他拉着她的手，说：“也许是漂泊久了，想犯懒了，觉着要是回不去了，就索性给自己搭间木屋子吧，遮风挡雨就行，豺狼来了我就亲手打跑，你觉得怎么样？”

贝珊珊点头：“好啊。”

小编有话说：

超级喜欢的特种兵题材，一直忍不住代入《太阳的后裔》里宋仲基的颜。我年少的幻想里，就有 AKC77493 这样的男人！刚毅的、强大的、霸气的，又带着些许可爱的、柔情的……好啦，不说了，我再去看一遍！

朋友一生一起走你却偷偷有了狗

文 / 子非鱼

——“冤枉！
我吃着看着的都是你。”

1. 不好意思，抢了你的鱼

孙尚香扛着大炮站在蓝方水晶下，只听“砰”的一声，蓝方水晶炸裂，随后屏幕上弹出“Defeat”字样，失败。

宋小阮忽略掉微信语音电话里损友的絮絮叨叨，利索地又开了一局排位：“课我就不上了，他的课有几个人去上的？你帮我请个假，就说我身体抱恙。”

挂掉电话，宋小阮就锁了一个绿头发庄周，听说庄周跑起来特别厉害，再换了个疾跑，嗯，双重保险。

游戏一开始，宋小阮就冲到了上路，但是等了半天，也没等到来上路的队友，反而等来了红方的第一拨小兵。

宋小阮小兵打到一半，突然发现红方的韩信过来了，并且一来就让她掉了一滴血。

稳住，别慌，一个人也要战斗到底！抱着这样的想法，宋小阮猛地跳到韩信身后，打出一个……普攻。

对，没错，宋小阮是一个刚玩《王者联盟》的小菜鸡。

那韩信似乎愣了一下，站在那儿一直没有攻击她，之后清完小兵就直接一头扎进了野区。

宋小阮感到一种无法言喻的悲伤，果然她太菜了，对方都懒得杀她。就在这时，伴随着一道“First Blood（第一滴血）”的声音，韩信在中路拿了一血。

宋小阮立即愤怒了，她感觉自己的人格被踩在脚下，于是也跌跌撞撞、磕磕绊绊地赶去了中路加入一波团战。

她去的时间不巧，自家队友都死光了，对面也只剩了两个人，一个是韩信，一个是阿珂。

受到阿珂攻击时，宋小阮立即决定——撤退！谁上谁死！

虽然这样有点㞞，但是人命关天，她不能让蓝方团灭！

跑了一段路，她发现对方根本就没跟上来，随后又瞥到韩信打暴君只剩了一格血，又暗戳戳地猫进了附近的草丛，然后跳起来就放出一个技能。

韩信一丝血也没有掉，反而甩过来一个技能，直接把庄周挑飞了！

怎么回事？还有这种操作？

宋小阮飞到半空才发现不对劲，她的鲲呢？庄周的鲲呢？

韩信似乎是打开了语音，好听低沉的声音传出来，还带着几丝淡淡的笑意："不好意思，抢了你的鱼。"

什么鱼？那是鲲！无知的人类！

宋小阮不仅丢了自己的小宠物，一眨眼的工夫还被韩信没来得及打死的暴君给杀了，她对着黑掉的屏幕思考人生。

虽然这样做很没有道德，但宋小阮还是决定——退出游戏。

菜鸡怎么了？菜鸡也是有原则的！

宋小阮正生着气，寝室门被人从外推开。几个室友挟着一身冷风回来，一边跺脚一边抖落身上的雪粒：“小阮你可真厉害，今天林老师刚好请假让人代课，你逃过一劫。”

“就佩服你们这些‘颜狗’，这么冷的天都放不下一节选修课。”宋小阮说完，发现手机里多了个好友申请，一点开，得，是韩信。

一个室友凑过来看了一眼：“又输了？不是我说，你这智商不适合这游戏。”

“呸！拒绝跟颜狗说话！”

2. 老板，麻烦给她来一个大饼

宋小阮觉得自己最近应该是倒了血霉，不然怎么会连输三天游戏后，又在早餐店的门口碰到了林谦？

对宋小阮来说，林谦是比输了游戏被举报更可怕的存在。她拉了拉毛绒围巾挡住自己整张脸，一边跟着人流往前走一边暗自盘算：出寝室时图省事连毛绒睡衣都没脱，外面又裹了件墨绿色的大衣，脚上还踩着拖鞋，头发也没梳乱糟糟的，他应该认不出吧？除非他是福尔摩斯！

“宋小阮。”林谦面无表情地转过身。

“……”

宋小阮瞪大双眼：“这不科学！你怎么认出我的？”

“呵！”林谦冷笑一声，正好他前面排队的人走了，他对着老板道，“老板，麻烦给她来一个大饼。”

宋小阮从他的肩膀处探出一个头："老板，别听他的，我今天喝粥！"

"到底吃什么呀？"老板问。

宋小阮最终在林谦凉凉的目光中败下阵来，胡乱地挥了挥手："行行行，就听他的。哦，再给他来一根油条。"

买完早餐，宋小阮捏着装了大饼的袋子，温热传递到她被冻得发红的手里："满意了吧您，林老师？"

林谦是宋小阮心理学选修课的老师——十分年轻，大她三岁，今年二十五岁；帅，一堆迷妹，徐佳佳也是其中之一。最尴尬的是，他还是宋小阮的邻居，从小一起长大的那种。所以，双方的喜好都被对方摸得透透的了，比如宋小阮喜欢吃饼，林谦喜欢吃油条。

说来也奇怪，林谦每天都吃得这么油腻，居然也不长胖。

风一吹，吹得林谦咳嗽一声，他随意掩了掩唇，低头看了她一眼："还学会翘课了？身体抱恙？"

宋小阮咬了口饼，不甘示弱："你不也请了假？咱们半斤八两，谁也别说谁。"

林谦像是笑了一声："我倒是不想说你，别期末挂科了哭着来找我。"说完，他踩进另一片雪地里。

等林谦走远了，宋小阮才发现自己不知道什么时候已经到了寝室楼下。

晚上宋小阮刚登录游戏，就收到了韩信发来组队邀请，不应该叫韩信了，人家有名字，还起得很高端：SXR。

暂且叫他“字母”吧。

字母的操作很“6”，为了提高自己那惨不忍睹的青铜三段位，宋小阮很没有骨气地同意了。

有字母在，这一局几乎躺赢，字母一个带四个，拖着路都走不稳的她冲到了敌方水晶下。最后刷新出来的结果，她000的战绩在队伍里显得格外风骚，简直赢得毫无尊严。

这一晚，宋小阮上了白银，同时也和字母建立了深厚的革命友谊，虽然她的操作还是烂，但这并不妨碍她高兴的程度。

在她看来，字母跟她已经是能一起出生入死、无所不谈的兄弟了。

3. 是吗？你跟她也很像

宋小阮今天赶在林谦进教室之前，先选了座位坐好。

不来不知道，一来宋小阮才发现林谦的人气真是高得可怕，他的课上座率高达百分之八十，还都是女生！

林谦一进教室，突然响起潮水般的掌声吓得宋小阮几乎坐不住。

林谦上课之前视线习惯性地在座位上扫一圈，看到宋小阮时，微微一愣，随即牵了牵嘴角。

宋小阮其实一直不知道林谦除了那张脸好看，还有哪儿值得让女生疯狂的。结果听完一节课，她的想法就变成了“哇，林谦好厉害，这都知道”和“哇，林谦好帅，我要给他生猴子”。

下课后，等人都走得差不多了，林谦才收好书：“周末你妈和我妈要聚餐，在鸿运酒店。”

宋小阮慢吞吞地走到门口：“我妈怎么不亲自跟我说？”

林谦走在她旁边：“你那被狗吃掉的记性，告诉你也没用。”

“被你吃掉了！”宋小阮搂着书，先下了楼梯，“林谦你怎么这么讨嫌呢？”

林谦跟在她后面，不急不缓道：“小时候是谁打碎了玻璃栽赃给我？是谁把小熊弄丢了找不到哭得肝肠寸断让我再买一个？又是谁连个蛋炒饭都不会做每天跑到我这里蹭吃蹭喝？”

“哇，你这个人！”宋小阮捂着耳朵，一抹绯红从耳尖弥漫到了脸颊。

不听不听，王八念经。

不看不看，母鸡下蛋。

晚上宋小阮一登录游戏就开始跟自己生死同当、患难与共的革命伙伴吐槽了：“字母，我有个朋友，特别特别讨厌，他居然擅长揭我老底！”

对面隔了一会儿才回：“你很讨厌他吗？”

宋小阮想了想，又认真地道：“那倒不是，我们从小一块长大呢。”

字母沉默了一会儿，像是有一大段话要发过来，最后却又浓缩成了一句：“我也有一个朋友，小时候老是哭鼻子要我哄，做了坏事就往我身后躲，后来……”

等了半天，那边也没说后来怎么了。

宋小阮也没追问：“哇，你跟我那个朋友好像啊，我也是这么坑他的。”

对面顿了顿：“是吗？你跟她也很像。”

过了一会儿，字母又发来消息：“战队赛要开始了。”

几天前，宋小阮加入字母所在的战队，今天刚好赶上了第一场。

开战前五分钟，字母所在的战队突然有个队友掉线了，所有人急得不行，情急之下，直接把宋小阮拉了进去。

宋小阮一进去就㞞了，字母跟她开着语音，嗓音低沉又好听。

宋小阮被对面的王昭君冻怕了，跟在字母的虞姬旁边蹿如狗，虞姬一招过去，耳机里响起字母的声音：“死了。”

这安全感，绝了。

宋小阮发誓，字母绝对是她最好的朋友！

4. 但我好像，真的喜欢他

宋小阮上完课，心急如焚地想回寝室打游戏，突然听见旁边的人说：“哎，你们知道吗？林老师有女朋友了……”

林老师，林谦吗？

宋小阮竖起耳朵听了一会儿，越听越不是滋味。

林谦什么时候找女朋友了？她怎么不知道？

呸，跟她有什么关系？

宋小阮想完，还是口是心非地去了趟图书馆，果然，林谦和他女朋友就坐在某张桌子边专心致志地看书。

长得好看、身材好，还爱看书。宋小阮看了一会儿，总结出那女人的优点。

至于缺点……头发短！林谦喜欢长头发的女孩子，最好是跟她一样长发及腰的。

但是那又怎么样？宋小阮压下心里那股怪异的感觉，觉得自己需要打两把游戏冷静一下。

“字母字母！我朋友有女朋友了！”宋小阮发了消息过去，才发现字母根本不在线。

这下好了，都没人听她说话了。

林谦下午两点钟给她打了个电话，她也懒得接，最后实在不耐烦了，才接起来。

“宋小阮，你的记性真是被狗吃了，说好了两点在校门口集合。”林谦语气不是太好，说得宋小阮没由来地委屈了。

林谦有了女朋友，就对她这么凶了。

林谦等了一会儿，没听见她说话，反而听见低低的吸气声，刚想反省是不是自己话说得太重了，就听见宋小阮说：“知道了，一会儿就来。”

宋小阮翻箱倒柜找出一条长裙换上，再穿上毛衣和大衣，嗒嗒嗒地往校门口走。

宋小阮一路沉默，惹得林谦频频回头看。

“怎么了？生理期到了？”林谦问。

宋小阮嘴硬：“你才生理期到了！我就是被风吹得不舒服。”

说完后，宋小阮感觉到林谦侧了侧身，让她走到了里侧，风果然小了很多。

宋小阮强撑着的面具在见到林谦妈妈身边的女孩时，顿时碎了。

都要见家长了吗？

“小阮？”宋妈妈推了推她。

“啊？”

宋小阮回过神来，发现一桌子人的视线都落在她身上。

“……”宋小阮盯着对面那个叫许佳的女孩子，她似乎在和林谦说着什么，露出了漂亮的笑容。

宋小阮现在只想迫切地找人分享自己的心情，想来想去，也就只有字母了，她甚至来不及听林阿姨介绍许佳的身份，找了个理由就先走了。她几乎是飞奔着回了寝室，然后扯掉围巾扑到了床上。

字母这回在线，还回复了她之前的问题：“你很高兴？”

宋小阮活动着被冻僵的手指：“不，糟糕透了，我看到他女朋友了，挺漂亮的。”

“在意？”字母问。

“说实话，挺在意的。朋友一生一起走，他却偷偷有了狗。”宋小阮想起那两个人悄声说话时的场面，内心涌上一股酸涩。

“那你喜欢他吗？”

宋小阮陷入沉默，一边想着谁要喜欢他，一边又想到林谦会成为别人的男朋友，她就不敢再继续想下去。

半晌，宋小阮道：“虽然他很讨厌，但我好像，真的喜欢他。”

5. 我们，见一面吧

宋小阮所在的战队在联赛中打进了前十强，打比赛的五个队员也获得了决赛的邀请卡。

巧的是，决赛是在 A 大的礼堂举办。

宋小阮急急忙忙地在食堂吃完饭就往外跑，一不小心就撞到了人，还撞到了最不想看见的林谦。

“风风火火的干什么？”看吧，林谦又要开始数落她了。

“关你屁事。”宋小阮往礼堂的方向跑。

昨晚宋小阮才知道决赛的事，字母就是五个队员里的其中一个，所以也会来 A 大。

她到礼堂的时候，选手还没到，想联系字母才发现自己根本没有他的任何联系方式，只好又打开游戏。

这个时候字母估计还在训练吧？对话框里还停留着昨晚两人聊天的内容，她跟字母说：

我们，见一面吧。

“你在哪儿？”宋小阮坐在座位上，完全没注意到身后的那道影子。

“你回头。”

宋小阮回头，什么也没看到，只看到林谦和一帮学生走了进来，她有些莫名：“你来干什么？你不会也对这种比赛感兴趣吧？”

林谦笑了笑：“不，我对你感兴趣。”

“哇，你这个人！能不能别骚？”宋小阮不露痕迹地移过去一个座位。毕竟林谦已经是个有女朋友的人了，避嫌避嫌。

“不是你说要见我？”林谦挨过去一个座位道。

“……”

宋小阮的表情顿时有些难看，像是看到什么惊悚的东西，半晌才颤着声音问道：“你是字母？”

可怕！

宋小阮脸色一会儿红一会儿白，脑子里飞快地划过自己跟字母说的话。

可怕！

羞耻！

我的妈！

“我竟然不知道，你这么喜欢我。”林谦揶揄她。

宋小阮不甘示弱地反击回去：“呸，谁喜欢你。”

可林谦这回有点不按套路出牌：“我喜欢你。”

宋小阮下意识想再说几句，猛然意识到他说了什么，扭过头，气愤道：“吃着碗里的看着锅里的，渣男！”

“冤枉。”林谦笑着举手，“吃着看着的都是你。”

林谦没多久就真的上台了，登录的 ID 赫然就是 SXR，选英雄时他却选了庄周，选完还冲宋小阮眨了眨眼。

恶劣！

宋小阮不可避免地想到自己当初玩庄周时，鲲被偷了的悲惨情景，却又偷偷地笑出声。

6.SXR……SXR……

决赛过后，也到了学校放假的时间。

宋小阮收拾好东西，跟林谦一起回家。

走到校门口，许佳走了过来，接过了林谦和宋小阮的行李。

林谦对宋小阮伸出空着的一只手："走吧，带你回家见婆婆。"

"她是谁？"宋小阮决定矜持一下，没伸手，转移了话题。

林谦一把握住她的手，问道："吃醋了？上回连她的介绍都没听就跑了？害我顶着大风找了你好久也没找到，还不接我电话？"

"快说！"宋小阮不知道自己错过了什么，抓心挠肺地难受。

"妹妹。"林谦抓紧了她的手，"爸妈离婚后，她跟我爸住一起，一直没回来过，今年好不容易回来过个年。"

宋小阮知道林谦爸妈离婚的事情，那还是林谦三岁的时候。怪不得她不认识许佳，许佳从来没回来过。

像是想到了什么其他的，宋小阮挠了挠林谦的手心："你一开始就知道我的游戏 ID？"

"不知道，你自己告诉我的。"林谦拦下一辆车，先把宋小阮塞进去，自己再坐进去。

"我什么时候告诉你了……"宋小阮嘟囔完，突然想到自己的 ID——宋宋宋小阮。

是她大意了。

“那你知道是我，怎么不告诉我韩信是你？”还抢她的鲲！

“我告诉你了。”林谦打开游戏，亮出自己的ID，“这么明显你不知道？”

SXR……SXR……

宋小阮！是她的名字！

宋小阮登时脸通红，行、可以、非常好，这波操作她服气！

小编有话说：

她的鲲呢？庄周的鲲呢？哈哈，我还沉浸在女主的呆萌里。好可爱的游戏文，想把话筒递给作者了非鱼，是不是又想骗我去玩游戏！

簌簌山林雪

文 / 晏生

真的有人爱你，
从未想过索取与回报，
静默无声，如那一夜山林雪，
簌簌落下。

1

正月初七那天，是个难得的好天气。

林簌喝了点小酒，走亲戚回来的路上昏昏欲睡，整个人被午后的冬阳晒得疲乏。

她回了家，坐在院前的枇杷树下打盹。没一会儿，外面就吵吵嚷嚷地闹起来了，好心情也全没了。

——又是因为羊圈的事。

这是乔靳山死后第三年，已少有人再能记起他的音容笑貌。

乔靳山后半生隐居在这穷乡僻壤，救死扶伤，被人称赞为杏林圣手，泗平镇受过他恩惠的不下百人。死后不过几年光景，逐渐无人过问，没谁惦记着他的好了。

新春时节，姓田的那户人家打算养羊，羊圈就计划建在乔靳山坟前半米开外的山头上，没几日就要动工了。

林簌是第一个站出来反对的人。

“羊圈建在乔老坟前，等于让他与羊为邻。羊场气味大，又腥又臭，尤其是到了夏天，蚊蝇滋生……”

可田家人说了，那块地是他们的，还轮不到她林簌一个外人插嘴。

林簌说得面红耳赤，争不过田家几张嘴，却在羊圈动工那天，拎着锄头去砸场子了。

她平素连说话声都不大，这次却一个人站在乔靳山坟前，像个英勇的战士。

田家人也恼火了，说不跟小姑娘一般见识，要是再不让开，就要动手了。周围看热闹的村民，也围了不少。

混乱中，不知是谁推搡了林簌一把。她一个踉跄，耳边喧闹，嗡嗡作响叫人不得安宁，眼中一片茫然。

阮沉舟就是在这时闯入她视线之中的。

起初，林簌只远远看见有几个人影，从那片苍翠青山中的小道走出来。其中最惹人注目的是，那位撑着青灰色大伞的男子。林簌心想，冬天里这样稀薄的日光，还需要撑伞遮阳，这人未免太讲究了些。

随后传来一阵低低的咳嗽声，声音也不算大，奇怪的是，不少人朝着他那个方向望去，望着那个突然出现在泗平镇的异乡人。

他一路走到乔斬山坟前，上了三炷香。

2

阮沉舟的出现，让事情出现了转机。

他不是泗平镇的人，村民们摸不准他到底什么来头。可田家人竟真的答应他缓一缓，推迟了建羊圈的时间。

有人说七年前乔老医生医治过一个来自颐市的少年，也姓阮，兴许人家现在是来报恩的。

阮沉舟当晚宿在乔靳山生前住过的竹屋里，与他随行的两个人忙着里里外外打扫屋子。

已经三年没住人的房间，却出乎意料的干净，没有蛛网，没有蛇虫鼠蚁，只是落了些灰尘。阮沉舟觉得奇怪，打听了才知道，都是林簌的功劳。

以前林簌家跟乔靳山是邻居，两家经常走动。林簌把乔靳山当作自己的爷爷看待，即便他不在了，林簌在外地念大学每年放寒暑假回来，一有时间就会到竹屋打扫和收拾。

林簌搬了床被子来竹屋时，阮沉舟正坐在窗前看书。灯盏昏暗，凛风从屋前的竹林呼啸穿过，夜晚静谧。

另一边的厨房飘出呛人的柴火味，白色浓烟滚滚。

林簌忙去看是怎么回事，与阮沉舟一道来的两人正在生火煎药。柴是临时在后山捡的树枝，半湿不干的，烧起来直冒烟。

“阮先生的药怎么办？”其中一人着急道，“医生说了药一定要按时吃，一次也不能落下。”

林簌听完说：“去我家吧，我来煎药。”

她走去正厅，敲了敲房门，阮沉舟抬头看过来。

光晕里，消瘦清俊的一张脸，透出股久病之后难言的苍白和倦意，唯有一双眼睛极有神，眼波如潭。

这一次，林簌总算将他看得真切。

“阮先生，你好，我叫林簌。”一上来就自我介绍，林簌亮出自己的身份和来意。

阮沉舟最终同意了去林簌家借宿。

林家父母做了一桌子菜款待他们，桌子中间放着火盆，猩红的木炭闪着一明一灭的火光。

泗平贫苦闭塞，生活方式也落后，让阮沉舟感觉来到了另外一个截然不同的世界。让人诧异的是，他居然适应得不错。

睡前林簌端来煎好的药，又烧了热水让他泡脚。

有了些年头的木盆里热气腾腾，林簌似是不放心，盯着阮沉舟把双脚放进去。从脚趾到脚背，慢慢变红，终于不再苍白得毫无血色。

“水温有点烫，忍忍就好了，我在里面放了生姜，泡半个小时左右，要到全身微微出汗的程度。”

阮沉舟眼睛看向林簌，似乎在问，你怎么还不走?

林簌脸上全是藏不住的笑，她翘着嘴角：“你总是这么安静吗?就不能开口跟人说句话吗？”

“你想要我说什么？”阮沉舟的声音偏低，听起来很舒服。

“比如，为什么要来泗平？”

“乔老去世时，我没有来，这次是特地过来祭拜的。”

林簌静默，示意他继续说下去。

“七年前我出过一场车祸，这双腿差点废了，是乔老保下来的，他对我有恩。”他坐在床沿，目光沉静，身上有种不符合年纪的老成。

突然，他又掩着嘴剧烈地咳嗽起来。

“抱歉——”

这是当年车祸留下的后遗症，极易感染伤寒。

阮沉舟年幼时身体底子就差，七年前的一场车祸几乎要了他的命，当年乔靳山费尽心力才保住了他的双腿。

林簌走过去替他顺气，轻轻拍抚他的背脊，动作很专业，她以前在乔靳山跟前也没白待，没少学东西。

“我现在在颐大读书，学中医，等同于半个医生，”林簌的嗓音一如既往的温和平静，“照顾你也算是我的职责了。”

阮沉舟重新打量面前的女孩：“你也在颐市？”

“嗯。”林簌淡淡应声。

她是泗平唯一的一个大学生，也是颐大的高才生，她选择了走乔靳山的老路。

“以后如果有需要，可以来找我。”

“我知道。”林簌点头，“你也在颐市生活嘛，阮氏集团的小公子。”

3

凌晨骤然降温。

林簌被雪粒打在窗户上的声音吵醒，摸黑坐了起来，四下万籁俱寂。

她想起阮沉舟咳嗽的样子，顿时睡意全消，从柜子里再拿出一床毯子去了阮沉舟住的房间。

家里条件简陋，木门开关时总会发出吱呀的响声。

她动作放得极缓极轻，才屏着呼吸入内。

借着窗户外那点模糊的天光，林簌才不至于绊着椅子。她把毯子替阮沉舟严严实实地压住，掖好边角。

犹豫之后，她还是搓热了自己的手，去探阮沉舟额头上的温度，怕他发烧。

掌心之下的皮肤微凉，没有其他症状，她松了一口气的同时，却被突然擒住了手腕，半边身体压倒在床上。

“谁？”阮沉舟浅眠，早在林簌进房间时就已经醒来。

两人几乎叠在一起，林簌的心快要从胸腔里跳出来，她红着脸开口：“是我……我怕你冷，就……”

声音里透着被现场抓包的窘迫。

天亮以后，两人在饭桌上相遇，谁也没再提两个钟头前发生的那个小插曲。

林簌照旧熬好了药，送到阮沉舟面前。那么一大碗黑漆漆的药汁，旁边两个满身肌肉的糙汉子看得直皱眉，阮沉舟面不改色地灌了下去，显然已经习以为常。

饭后他出门去了田家，解决那家人执意要把羊圈建在乔斬山坟前的事。

也没谈多久，就解决了。

有钱能使鬼推磨，他砸了一大笔钱进去，田家人哪还想着养羊，直接计划着要搬出泗平镇了。

没花两个钟头，阮沉舟就从田家回来。外面飘起了小雪，林簌在屋子里给人开药方，跟前照旧放着小火炉取暖。

周围的邻舍都知道，林簌自小喜欢跟着乔斬山，后来自己也学医，虽然如今还只是个学生，但是应对伤寒感冒开两服药方也不在话下。

阮沉舟走近看，纸上已经被林簌罗列出了一些中草药。她的字迹流畅，带着几分潦草恣意，介乎于行书与草书之间，倒像是行医多年的老行家才能写出的潇洒。

“这是什么？”阮沉舟指着其中俩字问。

“致远。味苦、辛，性微温，宁心安神，祛痰开窍。”

“这个呢？”

“沙棘。味甘、酸，性温，开胃消食。单味煎煮，浓缩为膏，善治咳嗽。”

阮沉舟又随意报了甘遂、紫草几味药材，是想考一考她，她都眼也不眨地背出来了。

“你的底子很扎实。”

“小时候就跟着乔老背这些了。”

“你这字——”

“也是跟乔老学的。”

原来如此，阮沉舟想，不然他怎么会看着眼熟。

当年他自乔靳山这里回去之后，乔靳山每隔几个月会寄一张调理身体的药方到颐市，一直持续了好几年。

“阮先生，你觉不觉得人其实很自私？”林簌话锋一转。

阮沉舟一愣。

“乔老在世时，大家都记着他，谁都怕万一哪天病了有求于他。当年田家的一个侄子突发急病昏在田垄上，还是乔老背着药箱，顶着三伏天的大太阳赶过去的，如今田家的人却一点都不记得当年的情分了。”

“人都如此。”

“可我还是相信——”

“相信什么？”

阮沉舟问道，林簌却不再说话了。

4

第二天阮沉舟要回颐市，走之前林簌带他去看了一场雪。

泗平有座叫垅蜀的山峰，在林簌心里，是最适宜看雪景的地方。为了照顾阮沉舟的身体，两人走走停停，费了半天工夫才爬上去。

阮沉舟全副武装，裹着厚厚的围巾遮住了大半张脸，只露出眼睛。他喘着粗气，笑的时候眼尾稍稍向上翘，想把围巾扒下来，被林簌按住了。

她冲他狡黠地笑：“别再感冒了，不然我就罪过大了。”

山路难走，两人相互搀扶着，这时还是贴在一起的。看背影，像是在冰天雪地里，依偎着。

后来阮沉舟一直记得，那天他们没有说什么话，坐在一棵巨大的松树下赏雪。

林簌没有骗他，这里果然是看雪景的绝佳地点。放眼望去，群山云雾笼罩，万物银装素裹，山脚下零散分布的房舍像镶嵌在冰原上的碎石。

阮沉舟总觉得，这景象似曾相识，坐在他身旁的女孩静默如谜。大雪簌簌，倾覆整座山林。

5

出了泗平，再回颐市，闪烁霓虹和不见尾的汽车长龙变得随处可见。

时间已经过去大半年，阮沉舟偶尔还会想起在泗平度过的那几天，有一次开车路过颐大，他毫无征兆地在路边停下来。

校门口的人来来往往，一张张陌生又青春洋溢的面孔一闪而过，当时的阮沉舟心想，或许林簌就走在人群中。

后来他绕了很远的路，去了阮家的老宅子。自从三年前从这里搬出来，他就在外独居，很少回来。

他亲情淡薄，幼时父母出了事故双亡，跟随叔婶一起长大。所幸他们待他很好，如同己出。直到七年前，那场车祸，是他叔叔一手策划，要置他于死地，不过为了争夺阮氏的继承权。

曾经那些无微不至的关怀与爱，都是制造出来的假象。

人心多冷酷，超出想象，如同无边无际的荒原。

老宅里安静，阮沉舟意外地在门前的信箱里看到了一沓厚厚的信，收信人那栏写的是他的名字。

——很熟悉的字迹。

阮沉舟一封封地拆开，全是药方子，上面还有一两句简单的问候与关怀。

他不敢置信，回去翻出乔靳山曾经寄过来的信，两者对比，字迹竟是一模一样。

信封上邮戳显示的最近的时间是今年五月，而乔靳山去世已经三年，怎么还可能给他寄信，除非——

是林簌。

6

林簌第一次见到阮沉舟，是在七年前。

那阵子乔靳山忙得晕头转向，因为有人送来一个病重的少年托予他照料。林簌放学回来，一直在旁边帮忙，看着床上时常昏睡的人，询问乔靳山他的身份。

“颐市阮家的孩子，也是个可怜人。”乔靳山的叹息声中，有道不尽的故事与辛酸。

那时，林簌知道了他的名字叫阮沉舟。

她最常做的一件事，就是替他守夜。烧来热水，拧好毛巾，敷在他额头，并且不断更换。他像是嗜睡，极少有清醒的时候，连有时候林簌实在乏了，想跟他说说话，也不能。

有一晚林簌趴在床沿上打盹，迷糊着醒来时，却发现自己睡在床上。她睡眼蒙眬，看见阮沉舟不动声色地把被子分给了她。

那是唯一一次，阮沉舟向林簌回馈了自己的善意。

几个月之后，阮沉舟被人悄无声息地接走。等林簌傍晚再去竹屋时，没能再看见他。

乔靳山说阮沉舟的身体还需要大把的时间调养，每隔几个月，就会写张药方子寄过去。林簌把这活抢了过来，乔靳山口述，她就执笔在纸上记录下来。

然后用信封装好，粘上两粒白饭封口。

泗平落后，邮差也只从村口几处地方路过，林簌常常一早便蹲在路边等候，只为把手中的信送去颐市。

那里有她惦念的少年。

纸上一味味苦涩的中药，好似她写下的情书。

林簌始终在坚持做这件事。

哪怕三年前乔靳山去世之后，她仍然每隔几个月，琢磨出好的养生方子，就写下来寄过去。或是每逢天气变化、季节交替，也忍不住在信中叮咛两句。

只是她不知道，那时阮沉舟也已经搬出了阮家老宅，有了新住处。后来几年的那些信，他一封也没有收到。

7

“为什么要替我做这些呢？”并且无声无息地坚持了这些年。

阮沉舟在颐大找到林簌时，忍不住问她。

林簌望着他，眼神安静又澄澈，慢慢垂下头，轻轻地说：“大概是为了打一个赌吧。”

“赌我是否能始终坚定无私地爱一个人。”

在泗平，田家闹事的那个夜晚，林簌曾问他：“阮先生，你觉不觉得人其实很自私？”

他回答说：“人都如此。”

所有的爱，皆有图谋。譬如村民对于乔靳山，叔婶对于他。这是残酷的人生教他领悟的真理。

林簌说：“可我还是相信——”

阮沉舟问：“相信什么？”

相信真的有一种爱，无所谋，无所求。

林簌并非林家夫妻所生，她是个孤儿，却在呵护备至中长大。他们视她如命，想要把所有的东西都给她，只愿她一生快乐。

七年前，泗平镇，乔蕲山的竹屋内，阮姓少年悄悄地把被子分给她一半。那时的林簌想，她是否也能把这么好的爱与温暖，送给一个人。

人性自私，可真的有人爱你，从未想过索取与回报，静默无声，如那一夜山林雪，簌簌落下。

这个赌，她用漫长的时光向阮沉舟证明，是她赢了。

小编有话说：

突然之间就发现自己被塞了满嘴狗粮。人性自私，可真的有人爱你，不求索取与回报。这样的温暖，真好。

初展眉

文 / 鹿拾尔

面前她的样子看不真切，
但她的声音很清楚地传入他的耳朵里。
软软糯糯的，
像一块糯米糖。

1. 惹人厌的同桌魏展眉

二月二十一日，天气晴。

教学楼外操场上，有两个班级在上体育课，学校里仅有的两位体育老师都是不服输的性子，上课之余，招呼着两个班级的男生临时来了场友谊篮球赛，每进一个球，围观的女生便会好一阵欢呼雀跃，此起彼伏的声音在空旷的操场上远远传开。

封声便是被这声音吵醒的。

他微微挺直了背脊，从桌面上散乱成一团的课本里抬起头，漫不经心地朝讲台的方向扫了一眼。

前头的化学老师还在喋喋不休地讲着课，他冷漠的眼珠远远地朝角落里封声的方向扫一眼后，又视若无睹地转开，继续讲解知识点。

和往常一样。

像封声这样处在叛逆期的人，左右是被放弃的差生，听不听课没什么大不了。虽然他父亲一直希望他不要因为母亲的离世就此颓废，但他依旧充耳不闻。

他家境优越，他明白，不管怎样父亲都会砸钱让他上一个好大学，毕业后继承家族公司，人生顺风顺水，万事无忧。

只要他不主动挑事，一点儿波澜也不会有。

封声满不在乎地收回视线，继续趴回桌子上，打算继续他昏昏沉沉了整个高中时光的梦。头刚要枕到课本上，那课本却被人凭空一抽，害他险些直接与冰冷的桌面亲密接触。

封声满身的倦怠和不耐烦一点一点漫出来，不用看就知道，是他的好同桌魏展眉干的。她是高三最后一个学期转学进来的转校生。

魏展眉的声音依旧软软糯糯的，表情却严肃而正经，眉头皱成一个小小的川字："封声，你认真听一次课好不好？今天老师……"

封声看也不看她，径直从抽屉里重新抽出一本崭新的课本，打算继续睡。

魏展眉有些急了，压低声音一副苦口婆心的样子，试图再次将封声手中的"枕头"抢过来："……今天老师讲的内容都是期末考试的重点，你认真听这一次，期末考试的时候肯定会进步的……"

她话音还未落下，封声便已经不爽地推开她的手，用了些力道将自己的课本夺回来，顺道将魏展眉的桌子一脚踢远了十厘米，桌腿与地板发出刺耳的摩擦声。

"魏展眉。"

他并没有刻意压低声线，冷漠的声音清楚地传到了教室里每个同学的耳朵里——

"关你屁事。"

本就摆放在桌子边缘的属于魏展眉的玻璃水杯，颤颤巍巍地抖了两下后，决绝地投入了地板的怀抱。哐啷一声！

伴随着化学老师铁青的脸，和魏展眉手足无措瞬间涨红的脸，整个教室瞬间鸦雀无声。

2. 胆小的同桌魏展眉

晚自习前，封声赔了魏展眉一个新的水杯。

虽然魏展眉一直摆着手说没关系，封声还是将那个昂贵的外国牌子的水杯塞到了她怀里。

“我可不想欠你什么。”封声说，他不是很自然地撇过脸朝向窗户那边，“你别老烦我就行。”

魏展眉只好收下，她偷偷打量神态漠然的封声几眼，这是他第一次主动和自己说话。

魏展眉攥紧这个陌生的水杯，轻轻笑了笑：“那……谢谢了。”

封声皱眉，看到玻璃窗映着的魏展眉模模糊糊的脸，他莫名有些烦躁，只觉得这声“谢谢”刺耳得紧。

魏展眉是在这个月初从教室第一排换到最后一排的，替换掉了原本那个聒噪的一直试图跟封声搭话的女生。

据说，是魏展眉自己主动要求换位置的，此举也引发了班上的一些议论。

她性子怯懦，话也不多，实在算得上是一个无聊的同桌，而封声自由自在的“好日子”也是自那天起，戛然而止。

这所在市内乃至全省都算得上是数一数二的优质中学，环境好、师资力量雄厚，家境不错的家长都爱把孩子往这里送。

但近几年学校的升学率有所下滑，为了提高升学率，校长去省会考察完回来后，双眼冒光地效仿其他后来居上的学校，搞了一套优等生帮助差等生的措施。

帮助所谓的差等生提高成绩，前后分数对比明显的话，是能得到学分的，而这些学分能减免一部分的学费。

封声心里很明白，不是什么别的原因，家境不好的魏展眉需要的，只是学分而已。

“封声——”

下晚自习后，魏展眉整理完大家交到她手上的一沓练习册后，照例跟旁边沉迷于手机游戏的封声说话。

“麻烦把英语课堂练习册交一下。”

封声一动不动，老半天才吐出一句：“没写，不交。”

魏展眉习惯了他的态度，依旧好声好气的：“是不会写吗？没关系，我可以教你的。”

封声终于忍不住，抓了抓额发，一把扯下耳机，露出好看却并不友善的眉眼：“我就是懒得写，你能不能别老多管闲事？你还要我每天重复几次？你知不知道你很烦？”

魏展眉张了张口，随即沉默了很久。

“……对不起啊。”魏展眉说。

接连几天，魏展眉都没有主动和封声说话。封声乐得清闲，更加把魏展眉当成透明人。他们的课桌之间依然隔着十厘米的距离，不近也不远。

又是一节物理课，物理老师有事没来，安排了课代表去讲台上抄公式。

魏展眉个子不高，扯了扯前排男生的衣服："麻烦头低一点。"

那个高个男生连着一个月缩着脖子看黑板并不舒服，他不屑地哼一声："个子矮就去坐前排，坐什么后排？我凭什么要天天为了你行方便？"

他瞟了瞟斜后方沉睡中的封声，压低声音冲魏展眉说："哎，你特意坐这里，不会是因为喜欢封声吧？"

魏展眉慌慌张张瞥了封声一眼，急忙道："没有没有。"却找不出反驳的话来。

高个男生幸灾乐祸，只觉得是戳中魏展眉心事了，更加得意地挺直腰杆，还开着些恶意的玩笑调侃她。

怯懦的魏展眉低着头不说话了，偷偷红了眼眶，握笔的手指也开始微微发抖。

一旁的封声调整了一下睡姿，依旧拿后脑勺对着魏展眉，突然不耐烦地开口："你胡说八道什么？"

"听不听得懂人话？她叫你头低点！"低低的声音暗含怒气。

那男生见封声突然为魏展眉抱不平愣了愣，好半天才反应过来这话是对自己说的。他不甘心地缩了缩脖子，让出一大片。

黑板上密密麻麻的公式清清楚楚地落入魏展眉眼里。

魏展眉怔了怔，瞟了伏在桌子上的封声一眼，红晕顺着耳畔往上爬，她声音更加小了："谢谢啊，封声。"

封声毫无反应。

3. 奇怪的同桌封声

二月二十八日，天气晴。

今天是一月一次的月考，魏展眉认真仔细地最后检查了一遍试卷，确定自己没有漏做题后，松了口气。

离考试结束还剩十五分钟，她下意识偏头瞟了眼旁边的封声，他正在百无聊赖地转着笔打发时间。他的试卷是一片刺眼的空白，看样子他是打算继续交白卷，维系他全班倒数第一的好成绩。

因为是考试，他们两人的课桌更是被远远隔开，像是隔着一条银河。

封声注意到她的侧目，也循着目光看过来，漆黑的眼恰好和她对上。

魏展眉一惊，急急回过头，做出一副正在认真思考的样子，手中的笔也无意识地在早已密密麻麻的草稿纸上写写画画。可她脸上的表情却慌慌张张的，像是干了什么见不得人的事情。

封声不禁扑哧笑出声。

考试结束后，魏展眉帮着老师抱着试卷往办公室走，在经过走廊的时候，听到班上女生在和班主任说话。

“老师，让魏展眉跟我换回来吧，她坐后排太耽误她学习了。”

老师有些犹豫：“魏展眉同学想要帮助封声同学进步。”

“老师，你真觉得封声会老老实实学习？别因为他，反倒耽误了魏展眉呀……”

……

魏展眉目不斜视脚步不停，径直往办公室的方向走。她想了几秒才反应过来，那个女生是封声的前同桌。

返回教室的时候，班上的人正在将课桌搬回原位。

而刚才那个女生则站在封声面前对他笑得清甜：“恭喜你封声，你要解放了，不用和那个整天逼你死读书的魏展眉做同桌了。”

封声早早将自己的课桌搬回了角落，此刻正屈膝坐在课桌上漫不经心地看着外头操场上急急避雨的同学。

“哦？”他语气散漫。

“放心吧封声，以后我肯定不会天天逼着你交作业，你……”

“她不搬走。”封声打断她。

那女生瞪圆了眼睛：“为什么呀？你不是很烦她吗？”

沉默了好几秒。

“我想认真学习，这算不算理由？”封声突然侧头说。说完便不再顾及那女生的反应，径直跃下桌子。

他的余光已经看到了走近的魏展眉，他紧蹙的眉头松了松，朝她招了招手——

“嘿，魏展眉，还不来帮把手？真打算让我帮你把座位搬回原位？”封声挑挑眉，嘴角扯出一抹似有若无的笑。

“啊……哦，我……我自己搬就好。”魏展眉不敢与他对视，大概是刚才进教室时跑得急了，气还有些喘不过来。

“算了算了，就你这小身板，还是我来搬吧。”封声不耐烦地拉开她靠近的手，骨节分明的手指微微一用力，搬起了魏展眉的桌子。

五十厘米，四十厘米……十厘米。

砰！

两张桌子紧紧撞到了一起，所有的距离消失了。

这声音听起来很响，魏展眉却突然觉得，她与封声之间，好像亲近了那么一点。

就一点点。

4. 温柔的同桌封声

三月五日，天气晴。

当封声将做好的英语练习册提前交到魏展眉眼前时，魏展眉有些没反应过来。

魏展眉小心翼翼地接过来：“今天不用交英语练习册。”

封声皱皱眉，似乎有些不好意思：“你帮我看看，有哪里做错了。”

讲解完语法错误的地方后，望着封声一边转着笔一边翻书的样子，魏展眉偷偷笑了。

她知道的，封声不是天分不好，而是懒惰而已。他的未来早已被安排得妥妥帖帖了，所以只是暂时失去了进步的动力。

几天后的一次英语随堂测试，封声破天荒地将自己会做的题通通做了出来，甚至勉勉强强达到了及格分数。

下课后，封声面露嘚瑟，支肘看向魏展眉：“你打算怎么感谢我？”

魏展眉没料到他会这么问，磕磕巴巴老半天才说：“你成绩进步了，按理说不是该你感谢我吗？”

封声望着她，老半天才低声笑道：“那你打算让我怎么感谢你？”

魏展眉想了很久都没说话，直到下了晚自习她才急急扯住正欲起身离开的封声的衣袖。

她鬼使神差地说：“那你送我回家吧。”

封声一愣，眯着眼打量她，直到她打算退却时，才倏地一笑自口袋里掏出振个不停的手机，挂断了司机打给他的催促电话。

“好。”

那天晚上，很多人都看到了，一向只坐豪车由司机专门接送的封声，骑着破旧的自行车，搭载着低垂着头的羞涩少女穿过操场外围的香樟小道。

“那什么……只是因为这条路的路灯今天在检修，我有点怕黑，没别的意思，你别多想啊。”魏展眉解释道。

“嗯，我知道。”封声回道，语气意外地有些温柔。

“接下来往哪边？”

“下个路口左拐。”

将魏展眉送到一个老旧的巷子口时，就着忽明忽暗的昏黄路灯，封声心不在焉地将自行车递交给魏展眉。

“再见，谢谢你啊，封声。”魏展眉规规矩矩地道了谢。

封声没回话，而是趁她低头调整车头高度时，忽然凑近，嘴唇擦过她莹白的耳畔。他的嗓音有些不自然地发着抖，却仍强作镇定："嘿，魏展眉，我喜欢你。"

魏展眉仰起脸怔怔回视着封声，下一秒，她的脸连带着她的心，一下子变得滚烫起来。

5. 封声

三月十四日，晴转大雨。

封声逃课了，和班上几个关系不错的男同学一起逃的，毫无预兆地。

平日里虽然他经常上课睡觉、拒绝交作业，但从不会逃课的。魏展眉有些慌，总觉得自己也有责任，最近几日，自封声主动向她告白后，她便很少主动和封声搭话，有时候不小心对视一眼，她的脸就会瞬间通红。

然而，一整个晚自习封声都没有回来，导致魏展眉也一直静不下心来，时不时透过窗户向楼下张望。

直到下课铃响起的时候，封声才和几个男生冒着雨冲进了教室，教室里的人已经散得差不多了。

魏展眉愣愣地看着封声走到自己身前，将一个包装精致的礼品盒递到了她手里。

"今天是白色情人节。"封声一字一顿，认真凝视着眼前的魏展眉，他不打算再计较，魏展眉接近他是因为那该死的学分了。

他可以不在乎这些。

那几个男同学开始起哄：

“魏展眉，这礼物可是我们哥几个逃课陪着封声好不容易才选好的，你可千万不要辜负他的一番心意啊。”

“快点答应他吧，他这可是第一次主动追人。”

封声微笑着看着她，仿佛笃定了她的答案。

“我……”

魏展眉羞涩地笑了笑，刚打算说些什么，她的笑容却在下一秒僵住，脸色一点点地变白。

班主任正一脸阴沉地站在教室门口。

办公室里，气压低得可怕，谁也没有说话。早恋对于即将毕业的学子来说是很可怕的，稍不留神就会导致成绩倒退，考不上好的大学。而考不上好的大学，对时刻备战状态的老师来说，以为这学生没有了好前途。

魏展眉历来是优等生，不能在这样关键的时候掉链子。

“所以，”老师严厉地看着魏展眉，思索着，“你当初想和他坐一块，就是为了和他谈恋爱是吗？”

魏展眉摇头如拨浪鼓，眼眶也瞬间红透了。

“老师，这一切都是我干的，跟魏展眉没有关系。”封声说。

他做好了独自承担一切责任的打算，他是一个男人，没理由让魏展眉替他背负这些。

“不是的，老师。”魏展眉打断了他，转而对着老师信誓旦旦，

“我真的没有和封声交往，绝对没有，我不会和他交往的。”

封声僵住。

魏展眉全身都在发抖，眼底有泪光闪烁，但仍小声却坚定地说：“封声也不是对我表白，只是为了感谢我而已，真的。”

老师表示怀疑。

魏展眉看了封声一眼，闭了闭眼，这才说：“是封声的爸爸让我帮助封声的，不信，您可以去问封声的爸爸。”

封声不敢置信。

魏展眉在老师的催促下，当晚便换了位置。

她抱着刚刚收拾好的书，跟面无表情的封声擦肩而过，她声音很低和往常一样，却又不一样。

“对不起啊，封声。”她说。

封声没有再理她。

6. 魏展眉

三月十五日，大雨。

封声的课桌上端端正正地摆放着他送给魏展眉的礼物，她甚至都没来得及拆开看。

看起来有些可笑。

旁边聒噪的女生不识趣地凑上来：“这是什么，封声，可以送给我吗？”

封声没理她，一扬手，将包装精致的礼品盒以一条漂亮的抛物线丢进了身后不远处的垃圾桶。

哐啷一声，里头精致的玻璃制品碎掉了。

一同碎掉的，大概还有一颗初初萌芽的心。

六月五日，多云转晴。

魏展眉从数不清的复习资料中抬头看了看黑板上的高考倒计时，疲惫地捏了捏眉心。

似有所感，她回头瞧了瞧封声所在的方向。他低着头，似乎在认真做题，魏展眉松了口气。

毕竟，她已经许久没有和封声说过话了，也不知道究竟是谁在闹别扭。

魏展眉曾试图和他说话，解释清楚缘由，却一直没有合适的机会——

他总在看书。

“魏展眉！干什么呢？”守在前头的班主任发现了她的异样。

魏展眉赶紧收回目光：“没什么。”

远远地，坐在角落里的封声仿佛朝这个方向看了看。

魏展眉的人生与家境优渥的封声完全不同，她的父母是一对生活在社会底层的懦弱夫妇，靠着简陋的煎饼摊维持生计。

她需要处处小心翼翼。

魏展眉在原本就读的破旧的中学里一直稳稳占据着全校第一名

的位置，她却并不满足。

直到某一天，一个姓封的中年男人来到了魏展眉家的煎饼摊前，他愿意将魏展眉转去更好的学校，也愿意为她支付以后大学的费用。

他只对魏展眉提出了一个条件——帮助他不争气的儿子提升成绩，让他儿子的成绩不至于那么难看，不让身为父亲的他太丢面子。

或许这种有钱人本就是随口一说，并未完全将希望寄托在她身上。毕竟有钱人家的少爷，怎么会因为区区一个她而愿意学习呢？

但魏展眉当真了，这是她的希望，帮助她脱离灰暗人生的希望。她有足够的自信能考上满意的大学，唯一缺少的，就是钱。

好在，虽然她当面说穿了其中的关系，封先生却并未过多责怪她。而且夸赞她因此激励了封声，封声不再整日里浑浑噩噩的，渐渐有了认真读书的意识。

魏展眉听了这话，不知该愧疚还是该替封声高兴。

下了自习后，魏展眉心念一动，鼓起勇气朝后头那个熟悉的位置走去。

她停在了封声的课桌前：“高考顺利啊，封声。”

封声抬头。

恍惚间，他仿佛看到了刚刚搬到他旁边的那个她。

“你好呀，封声。”

那天，就是这个声音使得他从昏昏沉沉的梦中醒来，连续好几天的低温终于迎来一个好天气，太阳光有些刺眼，斜斜地自敞开的玻璃窗外投射进来。

面前她的样子看不真切，但她的声音很清楚地传入他的耳朵里，软软糯糯的，像一块糯米糖。

“我是你的新同桌，我叫魏展眉，还有几个月就要高考了，祝你高考顺利。”

同桌的缘分，就是从那天开始。

而他，却并不打算让缘分太快结束。

封声抬眼看了看高考倒计时。

“高考顺利，魏展眉。”封声说，他眼里有细碎的笑重新溢出来。

“你打算……报考哪里？”

小编有话说：

这个故事将我的思绪拉回了青涩的学生时代，高三的最后一任同桌也曾对我说：“我是你的新同桌，一起努力，高考加油。”

胆小的同桌，奇怪的同桌，惹人厌的同桌，温柔的同桌，你们现在怎么样了呢？

他曾越过万里长风

文 / 森木岛屿

你曾披星戴月，踏过苍耳，
穿越长风万里。
我曾辗转宿梦，碾碎八荒，纵横春秋千载。
但都绝不只是为了一句抱歉。

1

实验室失窃了。

苏琉璃跷着个二郎腿坐在长椅上，瞥眼看导师冲着师兄大发雷霆。五十岁的男人不比更年期的女人好打发，他从随手加密数据一直念叨到不准在实验室吃麻辣烫这种琐事。

“不就是丢了个机器人吗？！”苏琉璃实在听不下去了，打了个哈欠，“反正又还没有投入使用，大不了再做一个就是咯！”

“你……”导师气得不行，白了她一眼，终是甩了袖子摔门而去。

唐越得救，冲她抱拳以示感谢。

她满不在乎地冲他挥了挥手，揉了揉惺忪的睡眼朝楼上走去，打算再睡个回笼觉。

嗜睡，记性奇差——这是外界给这位天才科学家贴上的最显著的标签。当然，二十四岁的苏琉璃在行业内所取得的成就也是无人能敌的，所以导师才对她格外纵容。

然而，当天才科学家打开家门的一瞬间，脑子卡壳了——

谁来告诉她，光天化日之下躺在她家客厅正中央的那坨东西是什么鬼？

两条腿，两只爪，黑色短发，小麦色皮肤，五官深邃，双眼紧闭。

——是个人？

苏琉璃惊呼一声，定下神来仔细去看，如果忽略掉破旧的毛衣和破洞牛仔裤的话，啧啧啧，这家伙还有几分姿色！

再仔细瞅两眼，又觉得有点眼熟，在报警之前她小心翼翼地挪过去踹了他两脚，没有反应。

很好，目前攻击力为零。

于是，她安安稳稳地坐在沙发上开始啃鸡爪，盘子见底的时候才忽然想起来，这家伙不就是昨晚她实验室里丢失的仿真机器人吗？

也顾不上多想他为什么会凭空出现在自己家里，她上前两步扯着他的身体就往外拖。

“阿璃。”身后人突然出声。

苏琉璃心里没由来地颤了一下。

整个人一个趔趄跳开两米远再往回看，刚刚还在地上挺尸的机器人这会儿已经爬起来了，看上去有些虚弱的样子，盯着她的眼神有些……诡异。

暂且这么形容吧，因为她实在没有办法用“深情”两个字来形容一个机器人。

苏琉璃看着眼前这一幕，第一反应是：她昨晚梦游给这货装系统了？

算了，想不起来了。

“JX 号，”她理所应当地指挥他，“回实验室去。”

对方愣了下，并没有听从她的指挥出门，皱了皱眉头打量自己一番，然后迈开长腿无比熟稔地坐在了沙发上。

“阿璃，我饿了。”

你一个机器人，饿个屁啊！

想是这么想，但作为JX号的亲妈，没能在第一时间认出他已经是罪过，这会儿苏琉璃还是从工具箱里翻出来一个充电器，去帮他充电，还配合着他的说辞：“‘吃完饭’就回实验室去！”

然后下午就让亲妈我来检测下你到底是装了哪个智能系统！

结果在给他插电的前一秒，这货从沙发上蹦开，指了指厨房的方向，顺便递了个看智障般的眼神给她，然后一字一顿：“我说我——饿——了。”

苏琉璃咽了口唾沫，眼睛瞪得更大了。她怎么不知道机器人已经进化到需要食五谷的地步了？

苏琉璃当然没有真的下厨，但JX号去了。半个小时后，餐桌上已经摆好了四菜一汤，而且成功地绕过了所有她讨厌的食材，出乎意料地符合她的口味。

所以说，征服了一个女人的胃就离征服她的心不远了。

尤其是JX号在指挥不动她的情况下，皱着眉头，无比嫌弃地打扫了她的猪窝，清洗了累积半个月的衣服，甚至神奇地拯救了她那濒死的盆栽。

于是，一个下午后，苏琉璃看JX号的眼神都变了。

老实说，她没出息地有点不想把JX号还回去了，甚至不要脸地想再制作几个这样的机器人。

于是，她催 JX 回实验室的频率越来越低。

2

苏琉璃向来是没有原则的人，所以如果不是周六那天，她差点被唐越砸了门，送 JX 号回实验室的事情可能真的就这么搁置了。

苏琉璃嗜睡，但很少有人知晓，她睡眠并不好，很多时候总是噩梦缠身，好在记忆力奇差，梦醒就忘，但唐越来的那天不一样。她依稀记得梦里自己一袭白衣，躺在一望无际的雪地上，身边处处是血迹，她耳边有很多杂乱的声音。

“我这个宝贝啊，要心尖人的血祭才能取出。”

“你明知道我会护着你。”

“阿璃，阿璃！”

……

“苏琉璃，你是死在里边了吗？”

苏琉璃被一阵疯狂的砸门声吵醒，她揉了揉脑袋，一开门便看见唐越愤怒的脸。

“你上次说好要再做一个机器人送实验室的，怎么样了啊？你是想让我被导师骂死吧？”

“哎，你烦不烦，我睡觉呢！JX 号不是在那儿吗，我下午给你送回去就是……”她话说到一半，忽然愣了下，下意识回头去看了下。JX 号正在厨房准备早餐，这会儿露出了半颗脑袋，皱着眉头看她，带着点威胁的意味。

——他不想回实验室。

她向来讨厌别人的威胁，可不知道怎么着，那一瞬间，她打算交出 JX 号的念头忽地就动摇了。

门外，唐越正用古怪的眼神看着她，又跟随着她的视线探头往里边看。

苏琉璃很快反应过来，一巴掌拍他脑门上，直接将人往外推：“看什么看？再看挖了你眼睛信不信！”

“JX 号不是被偷了吗？”唐越察觉到她不正常的神色，伸手探了探她额头，“琉璃，你是不是睡糊涂了？”

“偷了一个 JX 号，我还能做出无数个 JX 号好吗？！”她有些心虚，开始赶人，“你快点回去检查三号系统，导师那边我去说，走走走，别打扰我睡觉！”

苏琉璃嗜睡这个毛病唐越是清楚的，她有时候做着实验都能睡着了，于是也没再多说，又嘱咐了她几句，就走了。

苏琉璃也因此成功地吃到了五香仔鸽、糖醋荷藕、姜汁鱼片和栗子糕。

然后，她捂着圆鼓鼓的肚子在沙发上挺尸：“JX 号，我今天可是帮你挡去了一个大家伙，从今往后，你可只能听我一个人指挥了啊。”

说完这句话，两个人忽然都愣了下。

好像，这句话有点熟悉呢？

苏琉璃想了三秒钟没有结果，于是自动放弃，算了，反正她不记得的事情多了去了。

“哎，JX号，我不记得我给你装过什么系统了，你怎么还会做这么多好吃的？”她用脚轻轻踹了下旁边人，活生生一副登徒子相，“我可告诉你啊，建国后不许成精的！”

“我说过，我是江玺。”身边的男人忽地躲开她的脚，神色间染了几分愠色，“你不记得了吗？”

苏琉璃有些恍惚，只有一瞬间，是不记得了，她的记忆力向来奇差无比。

“好好好，江玺。”

JX号，江玺。不错，这家伙还挺会给自己起名字的！

她厚着脸皮又往他身边挪了些，把腿伸过去搁他腿上，反正也就是个机器人嘛，用来做支腿架感觉倒是挺不错的。

“阿璃，今天来找你的那个男人是谁？”他忽然转过头来，盯着她问。

他的眼睛漆黑幽暗，总有种不经意摄人心魄的力量。她望着他便不自觉地开了口：“是唐越，我师兄啊，我……”

说到一半的时候，忽然刹住，她什么时候有义务回答机器人的问题了？

她觉得自己有必要跟他强调下身份：“机器人没有资格这样质问自己的主人的。”

“哦。”他脸上的愠色已经散了一大半，这会儿面无表情地随口应了声，然后整个人躺在沙发上，“阿璃，你等会儿记得把碗洗了。”

苏琉璃看出来了，这货一定是看准了自己不会把他交回去，所以才敢这么放肆。想到这里，她没来由地发了脾气：“江玺，你就不怕我把你送回实验室吗？”

他嗤笑一声：“怎么送？就说你对机器人一见钟情，然后偷走了他放在家里同居数日，现在厌烦了打算重新还回去？”

苏琉璃被噎了一道。

“你已经撒了一个谎，接下来就得不停地撒谎，去圆上一个谎。”他动作自然地从茶几上拿过她的杯子，喝了口水，眸光深邃，“过去这么多年里，你一直都是靠撒谎过来的吗？”

她愣了下，心里好像被什么捅了个缺口，随即回过神来——

喂，你是个机器人，别把自己搞得跟哲学家一样，这样让人很有压力的好不好？

3

说是这么说，但苏琉璃不得不承认，她私自留下江玺是她做的一件很正确的事。即便他时不时反客为主指挥她做很多琐事，什么下楼买把葱啊、出去丢个垃圾啊等，但也有很多事情慢慢地发生了转变。

比如——

“嘿，琉璃，我发现你最近记性变好了啊。”唐越递过来早餐，“这已经是连续第七天你没有忘记锁门了，而且工作时也不需要我帮你记数据了。”

她把早餐推回去，嘻嘻笑：“我已经吃过了。”

然后再次收获唐越诧异的目光。

外界都传，天才科学家能力又上了一层楼，甚至有人预言不久的将来，业内将出现一次以苏琉璃为首的科学革命。

她还是该吃吃，该睡睡，一点都没有解释或者回应的打算。

直到那天出了状况。

一大早，导师风风火火地赶过去，脸上的褶子都严肃地拧巴在了一起："出事了。"

他们所研发的新型仿真机器人，刚刚投放到餐厅服务，就发生了一起机器人斗殴事件。视频里躺在地上的男子满脸是血，围在他周围的是四个带着仿真机器人标识的男子，每个人手里都攥着棍子，一副恶狠狠的样子。

事发后经调查，该事故中的仿真机器人全部出自苏琉璃之手。

对于研发机器人并将其投入到日常生活中这一话题，社会上原本就存在各种争议。这次事件一出，无论真相究竟如何，那些反对派也都会想尽办法借机生事。

苏琉璃一时间处于风口浪尖上，教授和唐越都提议她先去国外避一避，但她不肯。

唯一支持她决定的，只有江玺。

他依旧是那副没什么表情的样子："不想去，那就不去。"

这样决定的后果就是，苏琉璃同江玺傍晚去超市时，被人认出来。

一群愤青被媒体舆论引导，打着道德的幌子罔顾法律将他们围堵在巷口。

有人眼尖，一下子看到江玺后脖颈的机器人标识。

“哟，苏大天才也用自己的产品啊？”

为首的愤青冲过去对着江玺就是一棍子，他咬牙闷哼一声，眼睛却是死死地盯着苏琉璃，她想冲过去，却被人架着拦住。

江玺的脾性她再清楚不过，平日里傲娇清冷，同一般的机器人根本不一样，连苏琉璃自己也不能保证他下一秒会做出什么事情来。

“放他走。”

“放她走。”

两个人不约而同地开口，交换了个眼神，她心里却猛地一痛，很熟悉的感觉，却怎么也记不起来。

“嘿，还在这儿演悲情戏码了啊？”为首的愤青走过来挡在他们中间，“苏小姐，我也不是不讲道理的人，要么继续你的科技大业，要么继续你的性命，这个决定，我今晚交到你手里！”

选前者，她得死。

选后者，江玺得死。

似曾相识的场景，她好像什么时候也面对过同样的抉择。想不起来，脑袋里乱成一团，最后她依稀记得的是，江玺才答应了今晚给她煮青梅羹的这件事情。

对面的江玺面色骇人，这是他发怒的前兆，可是她知道，越是这种时候，他越是不能发怒，因为……他是机器人，一旦动手，只会坐实这些新闻。

“江……”

她想劝他，结果还没喊出声，整个人就没了意识。

4

她睡了很漫长的一觉。

还是上次那个梦，一望无际的雪地被染成鲜红，她披着不合身的白衣躺在中央，身体忽冷忽热，四下寂静。

然后有人出声。

“我这个宝贝啊，要心尖人的血祭才取得出来。”

“你明明知道我会护着你。”

“苏明尘意图谋反，若不交出魔物，株连九族。”

“这是他的劫，你们两个人中必有一个人要死的。”

“阿璃，阿璃……”

……

“琉璃？”唐越伸手探上她的额头，“我不是说了要你去国外先避一避吗？你看看现在这样子……”

“江玺呢？”苏琉璃顾不上和他讨论这些，睁眼便要找江玺。

“啊？”唐越明显不知道她在说什么。

“江玺。”她急得用手比画，“就是 JX 号机器人。”

唐越脸色不那么好看了，踌躇半晌，才在她威逼利诱之下说明了情况。

当日她同江玺被拦下，好在有好心的路人偷偷报了警，才救下她，而江玺因为机器人的身份，已经被带走，准备对他进行解剖检测了。

“我们两个人都是研究这些的，你应该知道，正常的机器人都只会听从主人的指令，并且最开始设置的底线，就是不允许伤害人类。可是，江玺他……”唐越面上甚至带着几分惶恐，“警察赶过去的时候，他……他已经打晕了那几个人，然后抱着你……”

“我们的控制器没有一个对他起作用的，好在他后来也没有做出什么过激行为，最后也配合警察回了警局。不过，他应该很快就会被送到实验室里去接受解剖检测了。”

“琉璃！琉璃……”

苏琉璃再见到江玺的时候，是在实验室里。

他交叠着双腿坐在椅子上，眉目如星，没有半分即将上“刑场”的感觉，反倒在看到她的时候，还笑了笑，像是早已预料到一样：“你来了。”

苏琉璃看了他一眼，没有搭话，转过身直接闯到教授那里：“你不能解剖他！”

“胡闹！”教授气得吹胡子瞪眼，“你私藏 JX 号这笔账，我还没跟你算呢，你知不知道你现在面临着什么情况？现在全国都在议论你研究机器人已经研究出了有意识的怪物！有多少人等着弄死你好平息所有纠纷？如果不是他，你会被人恐吓？会被人威胁性命？”

又是这种熟悉的感觉！到底什么人跟她这么说过？

她觉得脑袋像被人撕裂般疼痛。

没错，江玺对那几个愤青动了手，研发他的人是苏琉璃，他的一举一动直接关系到她的名誉乃至性命。

她隔着窗户望向外面的江玺，他还是淡淡地笑着，一副事不关己的样子。

“如果我能证明他不会伤害人类呢？”苏琉璃捂着脑袋，定定地看着教授，“给我一天时间。”

5

十二月初十这一天，下起了雪，薄薄的一层落在地上，像是浓霜。

守墓人抄着手窝在小屋里听折子戏，咿咿呀呀的腔调，落在空旷的夜色里总有些悲凉的味道。

苏琉璃撑着一把伞，默默地站在墓园里，男人修长的身影就站在她面前，神色淡然，看不出多少情绪。

她嗜睡，记忆力又奇差无比，她记得自己活了近万年，早已经记不清具体年岁，可是她始终记得自己叫苏琉璃，记得每一年的这一天，她要来城西的墓园，从枯原到驿馆到客栈到公馆到车站再到墓园。

不记得是为谁，也不记得那人同自己是什么关系。

其实，很多事情她早该察觉端倪的。

从最初他唤她一声“阿璃”，他熟稔古式菜系，知晓她所有喜恶，从他出现的那一天起，她的梦境越来越清晰，记忆力逐渐恢复，身体里所有不正常的地方都渐渐消弭。

大概都是因为，那个东西与它的主人重逢。

雪势渐大，她低笑了一声，在雪地里落下不深不浅的叹息。

“江玺，我来还你的东西。”

她不记得发生过什么事情，但她知道，自己长活万年偏偏没有记忆，大概是因为体内那颗偷来的珠子。

因为它原本不属于自己，所以叫偷。

她慢慢向男人靠近，身体里有股明显的灼热感，抱住他的那一瞬间，有什么东西从身体里流走，有新的东西缓缓灌入。江玺回抱着她，眼眶通红：“阿璃，我知道是你。”

从一开始就知道是你。

我怨过你，恨过你，因为是你，所以我才凭借最后一魄，存于三界万年。

九千九百七十六年前，在他们脚下的这片地方，发生过一场骇人的血战。

皇帝听信谗言，说苏家私藏魔物意图谋反，以全家上下数百条人命为威胁，逼迫他们交出魔物。苏家举家逃亡，半途被大肆屠杀，血迹染满雪地。

江玺为救人一己独战数万兵马，落入陷阱。

后来苏琉璃活了下来，而江玺没有。

他的内丹，也就是所谓的魔物，被献给当朝天子。

然，圣意难测，宁可错杀一千，不肯放过一个，苏家逃不过满门抄斩的结局。

苏琉璃却因为江玺临死前捏给元神的一诀，意外成为它的新宿主。

长活万年，却不留记忆。

江玺的内丹被谁所取，显而易见。

江玺所信并非传言或揣测，而是他存活万年至今，也只告诉过一个人：

我这颗宝贝啊，要心尖人的血祭才取得出来。

他死后，执念渐深，护着最后一缕魂魄存活于世间万年。

封印解除，苏琉璃所有记忆归位。

她记起祸起那日，江玺的师父来找过她。

他说，这是阿玺命定的一劫，无论怎么样，你们都必须有一个人要死。

除非——

置之死地而后生。

阿璃不懂。

他说，你若是死了，便真的是死了，从今往后，你们永远阴阳两隔。但江玺不一样，他本是妖身，若是执念够深，保住一魄，日后定有重生的机会。

即便这样，阿璃依旧不肯独活。

师父又说，你不肯又有什么用，哪怕你今日死了，江玺也不见得能保住性命。他爱你多少自让是不用我多说，且不说你死后，江玺是否愿意独活。即便他愿意独活，他断然不肯放下你，此劫未渡，早晚落得魂飞魄散的下场。

阿璃问，那如何能让他有执念？

他说，生、老、病、死、怨憎会、爱别离、求不得。最苦不过，至死不得至爱，忍受生死别离。我要你亲手杀了他。

雪越下越大，苏琉璃起身，她身体羸弱，颤颤巍巍："阿玺，对不起。"

"阿璃，我在荒芜的世间游离近万年，不是为了等你一句'对不起'。"

你曾披星戴月，踏过苍耳，穿越长风万里。

我曾辗转宿梦，碾碎八荒，纵横春秋千载。

但都绝不只是为了一句抱歉。

6

3020 年 12 月 11 日。

机器人联合管理组织发表了禁止批量生产机器人的声明，实验室现有部分机器人，但凡有伤害人类举止的，一律于 12 月 15 日前销毁完毕。

12 月 14 日晚。

机器人销毁前夜，国内用于解剖最高级机器人 JX 号的实验室发生爆炸，仪器尽毁，实验员苏琉璃当场殒命，众人皆感叹又一天才陨落。

从此，人间再无天才苏琉璃，三界亦无幽魂江玺。

只有唐越知道，在世间某个角落，多了一对眷侣。

余生漫长也好，短暂也罢，你我撇去恩怨，相互成全，有何不好?

小编有话说：

天才科学家和神秘机器人牵扯出一段千年前的情缘，可以说非常有创意了。千帆过尽，终有一日，他会来到她身边，再也不分离。

Chapter 3 告白书

今天比昨天多爱你一点。

一场热烈拥抱过的青春

文／野桐

第一千零一封信，
我们夜以继日地奔跑，
只是为了得到我们心里那个人的回复。

1

采访的地点在 KM 公司楼下，围观的人很多。

康婕好不容易挤进人群围成的圈子里，粉丝举着横幅，大声喊叫着：

“周柯承！周柯承！”

康婕被这阵势吓得差点儿把手里的话筒摔落在地，旁边的摄像大哥好心扶住她，国字脸上硬是挤出一个难看的笑容。

“小康啊，别紧张，你只管把话筒往前举，能不能采访到没关系，主要是把话筒上的台徽亮出来就行。”摄像大哥调整着摄像机，手肘轻撞着康婕的胳膊，跟她交代着。

2016年冬末，这是康婕的第一次外景实习。台里的前辈不愿意来，原因不过是周柯承已经是个过气明星了，没有太大的采访价值。

可是康婕看着人群将公司大门围成乌泱泱的一片，心里得意：这机会我求着时不来，这下反倒自己找上门来。

车门打开，康婕来不及反应，就被后面的粉丝挤到了最前面，“嘭咚”一声，整个人就贴在了另一辆车的车身上。摄像大哥被她这个样子吓得连镜头都忘了开，忙伸出手要把康婕拉回来。

不过在摄像大哥之前，先有一只手将康婕从车窗上扒拉了下来。

康婕被撞得迷迷糊糊，晃着脑袋告诉自己：一定要清醒，康婕你要振作！

还没等她的视线聚焦，头顶却响起了一阵口哨声：

“哟，妹妹，你不会是脑残粉吧？都粘在我车子上了。”

周围那些举着横幅的粉丝不惧被保安紧紧拦着，气势浩瀚的口号再次响起：

“柯承驾到！所向披靡！”

“柯承最棒！天下无敌！”

摄像大哥一边将镜头对准周柯承，一边冲还愣在原地的康婕喊：“康婕，台徽！上啊！”

可怜摄像大哥单薄的声音被粉丝的狂热呼声所掩盖，倒是镜头里记录下一幕：周柯承顺着摄像大哥的声音往康婕的方向望过来，挑了挑眉。

跟拍完周柯承进公司的一幕，粉丝们还不肯罢休，纷纷坐在地上，商量着等周柯承再出来时，要不要模仿刚刚那个女孩子，出场不平凡一些，引人注目些，可能周柯承也能跟自己说上一句话。

而她们口中的女孩子，还依然保持着刚刚的动作不变。

摄像大哥在反复看了三遍确定拍摄画质还算清晰，能往上面交代后，才想起画面里缺少了最重要的台徽。他回身看见康婕一动不动的样子，心里纳闷：这小姑娘不会撞傻了吧？

“啊，小康啊，拍得还不错，你也别太责怪自己，后期咱们把别人家的台徽换成自己家的，一样能交给老大。”摄像大哥怕康婕是因为第一次出外景就出了这样的错而忧心忡忡，好心安慰着。

康婕这下才有了反应，抬头看着摄像大哥，放在口袋里的手紧了紧，突然嘴一咧，“哇”的一声哭了出来。

摄像大哥莫名其妙，看着康婕一把鼻涕一把泪的，心想这女孩子哭起来真丑。

2

2005 年 12 月 28 日，周柯承所在的组合正式出道，四个阳光帅气的男孩子一下子俘获了所有少女渴求的粉红心。他们在电视节目里唱唱跳跳，出演的偶像剧更是创下那一年的收视高峰。

那一年康婕念初一，学所有的女孩子一样买贴纸，抄歌词，下课时凑在一起讨论昨天晚上周柯承扮演的深情男二和组合里的另一个成员饰演的男一到底哪个才是真的喜欢好命的傻笨女主角。

前桌的梳着学生头的女生振振有词：“肯定是方亚乾啊！你们不要看每次他都对女主角冷冷淡淡的，可是有句话怎么说的来着？啊，对了！外表冷酷内心狂热！他心里早就对‘女猪脚’死心塌地了！”

方亚乾饰演的就是男一。

围坐在桌子边的其他女生接连附和：“对啊，对啊，是这样，是这样。”

只有康婕不说话。

不是的，电视里那个在大雨天笨拙地将安全帽给了女主角，嘴里还一直安慰着她不要哭的痞痞却深情的周柯承饰演的男二，才是真的喜欢女主角。

康婕气愤地回到座位，不想跟那些肤浅的女同学为伍。她们这样说，不过是因为报纸、星刊上铺天盖地的报告里方亚乾的颜值稍胜周柯承。

她才不是因为周柯承的脸才喜欢他的。

晚上回到家，她把房门紧锁，从书包里小心翼翼地拿出在学校门口买到的海报，四个男生笑得都好看，康婕的目光却只落在周柯承的身上。

她从抽屉里拿出信纸，仔细地摊开抚平每一个褶皱，然后拿起笔，郑重地写下第一封信。

2006 年 3 月 7 日

周柯承你好，我是你的小小粉丝，唔，是很喜欢很喜欢你的粉丝。当然！我才不是因为你的脸才喜欢你，你真的没有那么那么好看啦。可是你笑起来傻傻的，好像隔壁爷爷家总问我讨香肠吃的狗狗哦。

第二天放学后，康婕坐了好几站公交车才到了邮局，她轻手轻脚仔细地将邮票贴得端端正正的，把信丢进邮筒的那一瞬间，像是把自己心里小小的梦也一并投了进去。

听说艺人们不会亲自看这些信，但是助理们会趁闲暇的时候念给他们听。

康婕想，周柯承的粉丝那么多，如果自己要是好运写的信被挑出来念，那也是非常非常大的幸运了吧。

3

升上初二，康爸爸给康婕报了英语班，她的英语实在是太差了，连最简单的语法都弄不通透。

周末再也不能休息，但她还是偷偷躲在补习室里抄歌词，抄到周柯承的那一句，她还特意抽出红笔做画着重线，但周柯承的歌词大部分都是 rap，她努力地捋直了舌头也唱不通顺。

到组合成立一周年的那天，粉丝们自发地在网络上应援，送祝福、买专辑。康婕还是个穷学生，只能趁补习完后跑去网吧刷周年庆祝视频。

四个男生分别送上祝福，到周柯承的时候，他带着浓浓的鼻音说了一长串的英文，康婕听不懂，此后上英语课就更加积极了。等终于能弄懂那句英文的意思，她期末的英语成绩提升了二十多名。

康爸爸高兴，特意烧了康婕最喜欢吃的红烧肉。老实巴交的男人说起话来笨拙得很，看着康婕一脸歉疚："妹妹，爸爸对不起你，车队里忙得不可开交连你的生日都忘了。这样，你看你喜欢什么，爸爸给你买。"

康婕扒拉着碗里的饭菜，她其实并不怪爸爸，因为连着两年，她都在生日的那天收到了最好的礼物。

但她的心里，有个她不敢开口的愿望。

康爸爸看着女儿迟迟不开口的样子，殷切地鼓励她说："告诉爸爸，你是想要洋娃娃，还是新的粉红色玩具？"

笨拙的男人只简单地知道这些现在女孩子喜欢的玩意儿。

"爸爸，我想……"康婕深吸一口气，"我想看一场演唱会！"

康婕知道她的这个愿望对于领着微博薪水的男人是一场狂啸的海浪，但是她真的想去看一看那个大男生，这是一个十四五岁女生天真简单的愿望，无关于金钱，无关于追星，她只是想去那个男生身前，郑重地谢谢他。

谢谢他陪伴她度过孤独一人在家的日子，谢谢他在父亲忙得顾不上她生日的那天送给她的生日祝福。

康爸爸搭在大腿上的手紧了又松，终于试探地问她："妹妹，你看这样好不好？等你高考完，高考完我带你去，买那个什么'微……微披'……"

"VIP！"康婕惊喜地接话。

"对！买 VIP 的座位票，让你好好看一场好不好？"男人说得有些羞愧。

这是他唯一的宝贝女儿的愿望，只是他现在并不能实现。

康婕看着一脸歉疚的康爸爸："那爸爸我们就约定好哦！等高考完就带我去！"

还有四年，她不介意晚些时候再去见周柯承。

4

2007 年 1 月 8 日

周柯承你好，我是你的小小粉丝，这是我写给你的第六十七封信，爸爸答应我说等高考完就去见你，你等等我好不好？我很想亲眼看看你在舞台上肆意挥洒汗水的样子，跟大家逗乐玩笑的样子，还有啊，我想亲口跟你说声"谢谢"。

顺利升上最好的高中，康婕反而不像以前一样时时追周柯承的新闻看，她被难缠的数理化折腾得在房间里哭了一次又一次。

可是摆在台灯下的相框里的那张照片周柯承温暖的笑脸，又让康婕在无数次被击倒后再爬起来。

你再等等我！

然而，这个她自己跟周柯承定下的约定，她成功赴约，周柯承却没能赶来。

2011年6月11日，周柯承所在的偶像组合宣布单飞不解散，在网络上掀起轩然大波，粉丝们心知肚明所谓的“单飞不解散”只是一个幌子而已，唯粉们各自猜测真相，伪造了一个又一个的“背后真相”，而所有的矛头都直指周柯承。

——就是他哎！说什么要转型，害得另外三个成员好几个通告都落了空。

——是啊是啊，一个穷小子不知道这些年在组合里受了多少恩惠，现在却说什么要离团，要不要脸啊？

——最新报道，周柯承疑似不满再给方亚乾当男配，提出过分要求被公司雪藏！

康婕坐在电脑前，看着网络舆论一边倒的现象。

周柯承才不是这样的人！他出身是比不得组合里的另外三个成员，所以他才会格外珍惜每一个机会，每次在节目里为了逗笑观众不惜抛弃偶像包袱，做捧梗逗乐的那一个。就算拍戏的时候身体累得不行，也会微笑地面向粉丝。

康婕把这些话发表在网络上，没过多久就有上百的回复，有好有坏，她一条一条地看完，一边庆幸有人同她一样理解周柯承，一边伤心着有人将周柯承同其他成员做比较说难听的话。

高考完聚会的那一天，康婕在KTV点了他们组合的歌，那是她第一次完整地将整段rap唱出来，声音好听的她得到大家的一致好评，掌声响彻整个包房，谁也没看见康婕偷偷抹掉眼泪的那一刻。

那个陪伴她整个青春时代的组合真的开始各自参加商演、活动，还有电视节目。然而娱乐圈就是个日新月异的地方，今天你红得发紫，明天你从云端坠落也正常不过，其他成员的通告越来越少，新生的偶像层出不穷。

康婕知道，她没能跟周柯承相赴的约定，顺应着组合的“单飞”，一样回不到最开始的时候她那场被他们热烈拥抱过的青春了。

5

康婕在大学时加入了新闻社，每天跟在社长的身后做采访、写新闻，最忙的时候一天也难能抽上时间喝一口水。

伍清朗就是在这个时候，递给了康婕一杯能浇熄她喉咙里火苗的水。

伍清朗的长相跟他的名字很是相配，简直就是标准的校园男神形象，高高瘦瘦的，爱穿白衬衣，跟康婕讨论新闻写稿的时候康婕还能闻见他衬衣上淡淡的皂角味。

“喜欢这份工作吗？”伍清朗帮康婕整理着剩下的新闻资料，声音温柔地问道。

窗外落日洒下余晖，刚好窗洞里也漏进一些，打在伍清朗的背上。

康婕眯着眼看了好一会儿：“嗯，喜欢。”

2013 年 5 月 4 日

周柯承你好，我是你的小小粉丝，这是我写给你的第六百九十四封信。你最近好像没有那么多的新闻了，如果不在搜索栏搜索你的名字，你几乎都没有任何的版面。但是我居然有点小小开心，我其实更希望你做个平凡的人，有个相爱的女朋友，陪你一起照顾妈妈。如果你要是有了一个可爱的baby，我会更替你开心的。

大三结束的时候，康婕和伍清朗正式恋爱了，两个人面临实习的问题，挤在一间小小的地下室，日子清贫但是他们却乐得开心。

伍清朗被台里前辈提携，提前结束了实习期，康婕替他庆祝。两个人喝完半箱啤酒，脸上都红红的，伍清朗突然抓住她的手：“康婕，等我坐上主持人的位置，我们就结婚。”

康婕哭出声，看着面前这个因为熬夜而胡子拉碴的男生，觉得自己很幸福。

2014 年 9 月 18 日

周柯承你好，我是你的小小粉丝，这是我写给你的第八百四十六封信。你自己出钱制作了电视剧，你的样子还像九年前，你怎么……就一点儿都没有变老呢？你做了你想做的事，虽然回报并没有那么大，可是你很棒啊！我也要像你一样，尽全力去做自己想做的事情。

康婕带伍清朗回家见康爸爸。

那个胖胖的男人喜欢上了跳广场舞，每天晚上提着音响往楼下广场跑，拙笨又好笑的舞姿让康婕瞬间湿了眼睛，这个常年在车队踩油刹握方向盘的男人，腿脚已经不大利索了。

伍清朗拍着她的肩膀，低下头问她："你还没见过我跳舞吧？"

他上前学着康爸爸的样子比画着，样子更加笨拙，回过头看康婕时，眼神里还自豪得不行。

康婕破涕为笑，心里想：这样的日子很好。

6

等了快两个小时，周柯承终于从公司出来，康婕这次手脚灵活、动作迅捷，谨记着摄像大哥说过的——"台徽往上！采访的问题不是关键！我们只求画面！"

康婕冲在第一个，把话筒举得高高的，可是她个子小，一下就被旁边更加凶猛的记者挤到了角落去。

"周柯承，你这次是打算继续跟 KM 公司签约吗？"

康婕：你们能问得有专业素养一些吗？不然他来这儿干吗？遛弯儿啊？

"之前你被 KM 雪藏，现在是不计前嫌放下过去了吗？"

康婕：原来真的没有专业素养啊？伤心事不能提啊，好不好？

保安拦着记者，康婕瞄准时机，向周柯承冲去。

在挤来挤去的记者中间，她努力地把话筒对准周柯承。在重重的采访问题中，她喊："周柯承！恭喜你梦想实现！"

周柯承把目光转向她，记者们也同样把目光投向她。

他摘下墨镜，露出一直放在康婕书桌上相框里的那张照片里的笑容：“谢谢你啊，康婕。”

康婕呆住了，记者们挑眉把话筒对准了她。

“请问你跟周柯承是什么关系？”

“周柯承为什么会知道你的名字？”

康婕的心提到了嗓子眼儿，她看见周柯承还在笑，听见身边记者们的追问。

然后，是周柯承缓缓说出的一段话。

“她啊，是我的小小粉丝。从我还在组合的时候就一直给我写信，一个很坚持的女孩子。这些年不管外界对我有什么样的误解，她都一直鼓励我，替我开心，也替我难过。我没有钢盔铁甲，但是她让我知道，还有一些人在等我振作等我重新回来。所以，我今天回来了。”

回到公司后，摄像大哥冲康婕挤眉弄眼：“小姑娘你得谢谢我啊，我刚看了今天的采访，周柯承是在我喊你的那一声认出了你的啊。嗯！周柯承这人实在，连粉丝都记得清楚。”

康婕像失了魂一样回到租的公寓里，一天的惊喜还没完。

满地的玫瑰，还有半跪着的伍清朗。

他向她走过来，含情脉脉：

“康婕，嫁给我吧。”

2016 年 12 月 28 日，周柯承的微博更新——十一年前的这一天我出道，我一辈子铭记，今天我回来了！（PS：亲爱的妈妈生日快乐，康婕生日快乐，我在等你的第一千零一封信。）

时间回到2005年12月28日，康婕一个人坐在小小的客厅里，康爸爸还在车队里忙碌，她看着没有烟火气息的屋子，伏在桌子上大哭。

电视上是一档专访节目，四个帅气的男生并肩站在一起，最后一个男生挥着手跟电视机前的观众打招呼：“哈喽，大家好，我是大柯周柯承，今天是我们出道的第一天，也是我最亲爱的妈妈生日。妈妈生日快乐！同样也祝电视机前今天生日的你们，生日快乐。”

2016年12月28日，康婕人生的第一条微博——第一千零一封信，我们夜以继日地奔跑，只是为了得到我们心里那个人的回复。

配图里是，伍清朗刚刚给她戴上的求婚戒指。

小编有话说：

作者你告诉我，2005年12月28日出道的组合是飞轮海对不对！康婕真的很幸运啊，偶像也好，男朋友也好，所有的努力都得到了那个人的回应。我一边看文一边回顾起了以前默默粉着偶像的傻傻的自己，那也是一段属于我的热烈拥抱过的青春。

我们会牵手走在春天里

文 / 姜辜

余樱想，
她二十五岁了，
是一个做什么都不太能察觉出心动的年纪。
可是，除了徐嘉树。

1

徐嘉树一脚把高三（6）班的教室门踹开时，整个世界寂静到了一种诡异的地步。

“干什么呢你们？”他叼着一片吐司，被同学们的异常反应搞得有点莫名其妙。

“怎么，全学傻了啊？我不是每天都这么进来的吗？”

徐嘉树和旁人不同，他不是什么循规蹈矩、发愤图强的学生，反倒是自由散漫、小错不断的标签贴满全身，因为高三在他眼里，不过就是消遣玩乐然后去到国外留学的过渡期而已。

嘴里的吐司被烤得有些焦，他漫不经心地嚼了两下，手也闲不住似的将摩托车钥匙塞进了校裤口袋，末了才从书包里掏出一袋牛奶——和他平日潇洒的校霸形象大相径庭，是草莓味的。

“我今儿个也没迟到啊，还有六分钟呢。”

徐嘉树喝东西爱咬吸管，咬着咬着就顺道用脚踢了踢离他最近的一张课桌。

“所以你们现在是什么表情？平常也没见这么正经——”他边说就边想要仰起头去看看黑板上的时钟和高考倒计时，结果眼神刚一抬，就被毫不客气地截和了。

他看到一个女人——准确地说，是一个站在讲台后，他从未见过的陌生女性。黑直发，椭圆形的脸，单眼皮以及非常薄的唇。巧的是，她也正没什么表情地盯着他。

“转校生？”徐嘉树一愣，随即率先送上笑脸，“行啊，比我还嚣张，第一天就不穿校服。”

“徐嘉树，那是老师！”先前被踢了桌子的同学忍不住似的伸手拽了一把徐嘉树的衣摆，继而又压低声音继续道，“你不上晚自习不知道，昨晚老班说今天要来一个实习老师，所以今天提前十分钟上第一节课，就是为了让新老师做个自我介绍，你别……”

徐嘉树恍然大悟地挑挑眉，接着又毫不露怯地朝着讲台后方的人笑了笑。

“教哪门啊？”他一边问，一边在早晨八点的阳光中歪了歪头，露出来的小虎牙上，都沾着透亮新鲜的光。

“哎哟，徐嘉树！”同学闻言手里的力道又大了些，“我看你还是先坐回……”

“徐嘉树同学，现在已经开始上课了，请你先回到自己的位置上去。”

从徐嘉树进门开始就一直沉默着的余樱，此时终于再度开了口。讲台上工整的座位表对照着教室里唯一空缺着的座位——眼前这个男孩子叫徐嘉树。名字斯文，长相俊朗，唯独这性格——余樱不擅长第一时间归纳，她只知道，这学生绝对是任何一个老师都感觉棘手的麻烦。

“当然，只要有任何一个同学对我存有疑问，那么我都可以重新做一次自我介绍。”

“不用这么麻烦。”

徐嘉树旁若无人地用两只手在课桌上撑起了自个儿的下巴与余樱对视着。

“你告诉我你教哪门就行，我好把书找出来——我好久没学习了。”

也许是徐嘉树过于自在的语气让余樱有了一瞬间的恍惚，于是她配合地张了张嘴：“语文。”

“语文啊，我学得最烂了……”徐嘉树三分苦恼七分玩笑地皱着脸嘟囔，一双手在桌肚里翻完又伸进书包里翻，结果自然是什么都没有翻到，只好一个转身从后桌的桌面上将语文书给抢了过来，末了又抬起亮晶晶的眸子接着问余樱，“哦，还有，老师你叫什么名儿？”

余樱知道徐嘉树此刻的行为既无视了课堂纪律，又干扰了同学上课，她应该严肃制止或者提出批评。可她也不过是个初出茅庐的实习老师而已，面对这种出格的学生——不对，准确地说，是面对着这样一双不羁洒脱但又盛着坦诚期待的眼睛时，她得缓一会儿才能找回所谓的威严。

她平淡惯了，生活里还从没遇过这种就算满身匪气要吃人但也像是含了情的眼神。

“啊，看见了——”徐嘉树微扬着下巴，舌尖无意识地抵着小虎牙，“余老师的字写得很好看啊，余香的余，樱花的樱，名儿也挺好听的。”他边说边笑，眼神也从黑板上的板书回到了余樱脸上，“而且——”

“徐嘉树同学，”余樱身子一侧，似是有意地挡住了先前她自我介绍时写在黑板上的名字，“我希望你明白，这是在上课，所以请你不要再说跟学习无关的话了。”她垂着眸，从粉笔盒里拿出一根崭新的粉笔，然后习惯性地将它轻轻一按，被折断了一小截滴溜溜地滚落在她指尖旁，“后门上还贴着班规，在课堂上影响同学上课是要去办公室写检讨的。”

徐嘉树吃瘪似的挑挑眉，终于闭上了嘴，不过他换了一种跟余樱搭腔的方式——那就是眼也不眨地盯着她看，看她清冷的眼神、看她说完话抿成一条直线的嘴唇，以及不知什么时候从耳后跑到她脸颊旁的碎发。徐嘉树又笑了，然后他慢慢举起手，在空中比了一个 OK 的手势。

初秋的天气还不算太冷。

徐嘉树只在蓝白相间的宽松校服里穿了一件短袖，他把手举起来，一大片皮肤就自然而然地裸露在了空气中，指节分明，手臂匀称，但余樱只抬眼看了一秒，就转身擦起了黑板。

是青春期男孩子独有的、聒噪且幼稚的，耍帅方式。

余樱下了这么个定论，却不否认这种方式的确好看，而且她也清楚地知道，直到她擦完黑板准备转回来的前一秒，徐嘉树都始终保持着他的姿势——傻里傻气，却带着一股冲劲的挺拔。

可让余樱没想到的是，徐嘉树竟然真的一下课就跟着她往办公室走。

“你跟着我干什么？”余樱停在了走廊上。

徐嘉树一改顽劣作风，回答时满脸诚恳：“我上课影响了同学，按照班规要去办公室写检讨。”

“没关系，这次就算了，”余樱从小性子就偏冷，凡事讲究尽善尽美，但这并不代表她现在就要当个严苛的老师，更何况后面徐嘉树也的确很规矩，“下次你注意——”

“不行，做错事就要承担责任。”下了讲台，徐嘉树才发现余樱比他想象中更娇小，风一吹就要倒似的站在他和墙壁的中间地带，一看就饭量很小，“反正我今天一定要写检讨。”

“这怎么才上一节课就要写检讨了？徐嘉树你又做什么错事了？”拿着教案的班主任本来正从旁边经过，但一听到几个熟悉的关键词后就怎么也迈不动腿了，“你啊，还要我劝多少遍，老老实实把高三待完不就行了，往后出了国就自由了，任你怎么玩。人家小余老师刚大学毕业，比你大不了几岁，你这个混世魔王敛敛自己脾性，别去欺负……”

“我没有，”徐嘉树轻轻地皱了皱眉，然后认真地反驳，“今天的语文课我甚至都没有睡觉。”

“行行行，你不闯大祸就行。”班主任笑着摆摆手，接着又转头跟余樱说话，“小余啊，那个晚自习的值班表我给你放办公桌上了，你看看，有什么冲突的回头给我说，我再给你换。”

余樱点头道了谢，徐嘉树也像复制粘贴似的跟着点头道了谢，然后一拐弯，一同进了办公室。

“我也要看。”

办公室里恰巧没有其他人，这让本就无所顾忌的徐嘉树此刻更像是行走在自己家一样肆意。

“你看什么看。”余樱瞥了一眼徐嘉树伸到自己面前的手，然后将那张薄薄的值班表放在了桌面上，意思是想看就再自力更生一点儿，“我听说你从来不上晚自习。”

“那是以前，但我现在想好好学习，你们当老师的可不能放弃任何一个想迷途知返的学生——”徐嘉树吊儿郎当地表着态，末了又朝余樱伸出了手，“给我纸和笔，我要写检讨。”

“我说了你不用写。”

“反正写了你得看。”

余樱一愣，想着这两句话好像并没有什么必要的关联。可徐嘉树的眼神又一次那么期盼地望了过来，不过这次凑近了看，她才发现其实徐嘉树也没有那么傲。他看着她，眼底明显藏着一丝慌乱和不确定，这些和他的模样不搭，却让余樱莫名心软，于是她一点头，算是说好。

其实余樱没有规定字数也没有规定上交的时间，但她还是在上完最后一节课回到办公室的时候，看到了躺在晚自习值班表上的两张纸。

内容什么的没有观赏性，无非就是网上那些模板式的检讨，不过字迹倒是比她想象中要清秀有力很多，难道徐嘉树就是为了秀一把他的字?

她搞不懂，也懒得深究，暂且就将徐嘉树非要写检讨的决心算作青春期学生的诡异心思，可当她正准备将检讨书随手放进抽屉里时，却在翻飞的纸页下方看见了答案。

——余老师名字好听，写字好看，当然，人也漂亮，就是不怎么笑。

这一行落在最末端的字，明显比整页检讨书都写得用心。

余樱愣了那么一小会儿，才迟钝地拿起红笔将跟在这句话后的一长串数字给画掉了。

想也不用想，那肯定是徐嘉树的手机号码，但至于徐嘉树为什么要这么做，她却不愿想了。

她生在单亲家庭，母亲是一位非常保守严谨的教师，所以她也就过着当年坐着学知识如今站着教知识的日子。余樱按照最传统正确的方式活了二十五年，离不离谱的错误，统统没犯过。

于是她知道，面对这样不合常理的检讨书，她该连同电话号码前面的那一行字也一块画掉，可是她犹豫了，她捏着红笔猝不及防地想起了徐嘉树晶亮又期待的眸、桀骜又柔软的笑脸，还有他举在半空中久久都没有放下的手势。

——小孩子不能这么皮，因为太皮的话，就会变成皮孩。

她想，大概可以评价一下徐嘉树这人了，名字斯文，长相俊朗，性格的话——嗯，很皮。

余樱拧好笔盖，将检讨书放进抽屉里。她知道，她此刻的微笑有点儿不可抑制。

2

虽然余樱对徐嘉树留在检讨书上的号码刻意忽略了，但这好像并不影响往后的日子里她和这串数字打交道的频率。

——诗人李白在唐代武林高手排行榜上位居第二。

——辣是痛觉而不是味觉。

——喝茶也是会喝醉的。

——成年猫咪的牙齿大概有三十颗，幼年猫咪的牙齿大概二十六颗。

不谈学习，也无关生活，徐嘉树喜欢在百分之九十九的时间里，没头没脑地向余樱抛出一条条这种她回不回复都无伤大雅的信息。

——你去哪儿了，这年头还流行老师翘课的啊？

余樱放在外套里的手机轻轻地振动了一下，她停下转动的笔，掏出手机，埋着头在会议桌下点亮了屏幕，是一条信息，来自于备注为“冷知识大全”的徐嘉树同学。

——开会。

——开会啊，那行，我也出去溜达溜达好了，看不到余老师坐镇讲台的晚自习太无聊了。

徐嘉树几乎是秒回了信息，余樱甚至都能想象出徐嘉树当着面讲出这番话时的场景——肯定是边笑边皱眉，末了还要一边伸懒腰抱怨一边大大咧咧地晃出教室。

——别躲去抽烟。马上散会了，教导主任说要组织老师去校园里各个角落里巡查一遍。

余樱按下发送键之后，才缓缓想起五分钟之前教导主任瞪着眼说要杀这些个坏学生一个措手不及的恢宏场景。虽然的确有一点重大考试提前泄题的负罪感，但如果再来一遍，她还是会选择将这道题泄给徐嘉树。毕竟是自己班上的学生，护一些短，也是再正常不过的事情。

可是徐嘉树，却好像不怎么想领余樱这份情。

因为十五分钟之后，由教导主任带队的临时巡逻小组在靠近篮球场后方的小树林里逮住了徐嘉树一行人。

小电筒的灯光晃眼又刺激，毫不客气地招呼在徐嘉树脸上时，他竟一点脾气也没有，反而还笑嘻嘻地朝人群最后方的余樱喊了句“余老师”。

余樱闻声走到前面来，劳烦前辈们关手电筒的同时，也清楚地看见了还夹在徐嘉树指间闪烁的那个橙红色亮点。

行，明知故犯，罪加一等。

走过该走的流程之后，徐嘉树就双手插兜跟在余樱身后晃晃悠悠地离开了小树林。

篮球场离高三的教室有些远，他俩得穿过一整个塑胶操场和第三学生食堂，然而路越远，徐嘉树就晃悠得越开心。眼下十一月份了，夜风很凉，但好歹今晚月色够美，路上人再多也搅不动徐嘉树心中的静谧与安定，他看着前方三步开外的余樱，心情轻快到恨不得吹几声口哨。

“哎，余老师——”可惜的是徐嘉树既不会吹口哨，同时还注意到了在起风时不小心瑟缩了一下肩膀的余樱，“你别走那么快啊，你是不是有点儿冷？冷的话我借校服外套——”

“我不是提前跟你打了预防针吗？”余樱还是没忍住回头问道，“你为什么还要去抽烟？”

“啊，我没抽啊，我最近嗓子疼，喝奶都疼。”徐嘉树被问得一愣，随即很无辜地解释，“就哥们儿分烟，我给个面子接着了。你看接都接了还不如点着呢，看着也暖和啊……”结果越说声音越小，一米八多的大高个到最后简直跟蚊子一般在哼哼，徐嘉树垂着大眼睛，有点儿不敢看余樱冰冷的脸色，“你……”他鼓了鼓脸颊，犹疑了好几秒才又开口问，“生气啦？”

“没。”余樱脸上的表情看不出什么端倪，但语调却是格外生硬，“你私底下到底抽不抽烟跟我没关系，一个实习老师你看不入眼也很正常，只是我不太能理解为什么你明知——”

“哎，余老师你说什么呢，你哪里不入我的眼了？打第一眼看到你我就一直只看着你的啊！”徐嘉树急了，他发誓要不是因为现在校园里人太多，他都想直接用手箍住余樱的肩头好好摇一摇她了，“至于为什么我不听你的……哎，其实不是，我就是故意的……”他一边结结巴巴地解释，一边又任由某种燥痒的红爬上耳朵根，“教导主任傻不拉唧的，每次抓抽烟的只去那几个地方……我就想着如果你要跟着来的话，那我就不如在哪个地方等着，这样一来，就有点像你专程找我一趟似的。”

徐嘉树一口气将自己的心思全盘托出，短暂的寂静让他觉得丢脸，但当他收到余樱明显一滞的表情和一句轻飘飘的神经病之后，他又立刻变成了一条好心情的尾巴跟在余樱身后摇。

“哎，余老师，你走慢点，我吹久了冷风，腿脚不灵活——”

真是个神经病。

余樱在心里重复了一遍，一抬头却看见密密麻麻挤在教学楼走廊上的小脑袋，不过她还没来得及说什么自习铃就先响了起来，孩子们嘻嘻哈哈笑着做鸟兽散，其中还有人吹了几声口哨。

“他们刚刚——”余樱上了两层楼梯后还是决定转身问一问，“是在做什么？”

“笑着看戏呗。”徐嘉树无所谓地耸耸肩，顺道还伸了一个懒腰，“这可是我读高中之后溜出去抽烟第一次失手，估计他们还没见过我被哪个老师逮回来上晚自习，也就是你才让我心甘……”

“徐嘉树，”余樱突然严肃地盯着眼前人，背在身后的手紧紧地捏成了拳，“你这样不好。”

“嗯？”徐嘉树不解，但仍朝余樱微笑，“哪里不好啦？”

“我知道你家境好，读书考试什么的对你来说不重要，可是你能不能——”余樱不傻，有些话也不需要捅破了才明白，只是她还没想好到底怎么说才算妥帖，“至少把心思什么的……”

“我觉得很好啊。”仗着眼下的楼梯间只有他们二人，徐嘉树大大方方地把话给接了过来，“不管是对你的心思还是对学习的心思，我觉得都没有问题啊。”接着他又狡黠地眨了眨眼，“而且对你的心思还能促进我对学习的心思，这简直就是所谓的双赢大好事……”但话还没说完，徐嘉树就没声了，因为余樱严肃的脸色并没有得到缓和，甚至还有变坏的趋势。他沉默不是因为怕，而是敬。

“那个——”徐嘉树顿了顿，问，“我给你发的那些东西不好笑吗？”

“冷知识又不是冷笑话，当然不好笑。”

“我上语文课很认真的，都没睡过觉了，还做笔记来着。哦，还有，我也不踹门了。”

“这些本来就是你应该做的。”

“所以你是知道了我晚自习过后会跟着你坐的公交车？”

余樱闻言一愣，然后才慢悠悠地说：“哦，那我现在知道了。”

“我不是变态！”徐嘉树急忙竖起手指发誓，“我是看天色太晚了，怕你回家不安全。”

“从今天起别跟了。”余樱拿出了老师式的劝慰口气，“高中生骑摩托车才不安全。”

可徐嘉树却对此没有什么反应。

他只是丧气似的垂了头，盯了好一会儿地面才抬起眼皮子小心翼翼地问：“余老师很困扰？”

“你也知道我是老师——虽然我只是实习老师，但你总归是我的学生，哪怕出了这个校门，也是比你大八岁的姐姐或阿姨……”余樱也回看着徐嘉树，深褐色的瞳孔里映照着徐嘉树有些犹疑困惑的脸，“你还小，不懂什么是喜欢，也不懂什么是追求，你只是……”

“不公平，”徐嘉树半是委屈半是烦躁地嘟着嘴，“你别拿年纪压我，这事儿我反正改不了。而且如果知道要追你的话我也想早点出生啊……不公平。反正我懂，我不小。”

“徐嘉树，你怎么这么皮呢？”余樱气极反笑，“我不是什么见到帅哥就两眼发光的小女生，所以你们青春期男孩的把戏对我一点儿用也没有，明白了吗？”

“余老师，你怎么就不信呢？”徐嘉树仰起脸，好看的眉形拧作一团，“我喜欢你，就像我喜欢喝草莓奶一样简单。我追你，也不是玩什么把戏，更不是为了炫耀或者跟兄弟们打赌。我就是对你一见钟情，然后在我认为的分寸里对你好，就这么简单一回事，很难理解吗？”

余樱半晌没接话，作为一名语文老师，她竟然被成绩倒数的学生问了一句“这事很难理解吗”。

是，这事的确有点难理解。

所以余樱立刻转身拔腿就往楼上走，莫名其妙地，竟还生出几分落荒而逃的味道。但徐嘉树却不打算就此收手，甚至还站在原地用双手做喇叭状圈住自个儿的嘴用声音进行穷追猛打。

“哎，余老师，我还为你参加了下个月的校园歌手大赛呢，有空来看看？我保证不跑调。”

3

徐嘉树天生会唱歌，但向来讨厌参加比赛，因为他觉得哗众取宠什么的特别蠢。

于是为了不那么蠢，徐嘉树五岁时扯坏了少年宫合唱团发下来的小西服，十二岁时翘掉了一整个学期的户外音乐课，以及十六岁时用拳头吓退了苦求他出个节目的班长，但当齐刘海儿文娱委员拿着本子完全不抱任何希望地过来问上一嘴时，他却欣然同意了。

什么？文娱委员惊得写字的手都在颤抖，可是为什么啊？

“快毕业了，赏大家一个脸。”徐嘉树伸着懒腰，笑得有点赖皮。他才不是赏大家一个脸，是这世界赏了他一个脸让他无意看见了余樱手机屏幕上还在滚动着的音乐播放器——张信哲，土哎。

文娱委员依旧处于震惊中，到底是什么样的力量才能让你突然想赏个脸啊？

徐嘉树这会儿不回答了，只舔着自个儿的虎牙傻笑。

可惜现实却总爱伸手打人脸。

直到徐嘉树唱完最后一句歌词，他都没有在底下见到哪怕半个跟余樱相似的面孔，更何况她的眼神，他不可能认错。

伴奏缓缓结束，徐嘉树潦草地鞠了躬，反手就想扯着立麦架上的话筒走人，结果卡得太紧在原地拽了两下丝毫未动，涂着粉红色眼影的女主持人就赶紧上来做采访了。

采访无趣又尴尬，但徐嘉树也不好当着这么多人一点儿面子也不给女主持人留，简短地敷衍几句后，女主持人反倒是像受了莫大的鼓舞一般睁着大眼睛直戳徐嘉树此时的伤心事——所以这首张信哲的《做你的男人》，是嘉树校草唱给谁的呢？

话音一落，观众席就像炸开了窝般热闹，徐嘉树无语地撇了一下嘴，然后就着还没扯下来的话筒丢下两个字之后就直接走到舞台边跳了下去。

这世道还走什么楼梯，爱情这玩意儿可太烦了！

“你妈妈也听张信哲呢？”

徐嘉树走到校外平常放摩托车的地方，还没来得及掏钥匙，就听到了拐角处一个熟悉的女声说了一句乍一听很像在骂人的话，惊喜意外什么的他暂时没反应过来，只知道头一歪，就有些想笑。

“谁知道呢，反正有人听就对了。”徐嘉树咧着嘴，又长又细的腿在空中划了道弧线，机身就开始发出低速的轰鸣声，他停在余樱面前，将自个儿的头盔递了过去，“走，去吃冰激凌。”

“大冬天吃什么冰激凌。”余樱坐在后座，手有点儿没处放，纠结了好一会之后才发现原来她和徐嘉树今天穿了同一款颜色的高帮帆布鞋。不工作的时候，她的确不会刻意打扮得成熟。

“去你现在任教的小学。学校后门有一家小卖部，自制冰激凌特别好吃。”徐嘉树答非所问，声音隔着头盔碎在风里余樱竟然也能听得清，“不过我一直想问你来着，怎么不去教初中啊？”

余樱的实习期上周正式结束，因为资历问题，自然不能留在重点高中带高三，于是学校便给了她两个选择——一所小学、一所初中，都是底下的附属学校。余樱也没多纠结，直接就选了小学。

“小学生还不到叛逆期，”余樱一边说一边将徐嘉树的外套轻轻捏紧了一些，“比较听话。”

“那倒是，我初中就是因为打架转了次学，到了高一才转回来。”徐嘉树正痛定思痛地回忆着年少轻狂，突然就像被拍醒了似的提高嗓门喊了一声，“哎——那这样算的话，你还是我老师啊？虽然咱俩之间隔了一道时间的鸿沟，但我可是在里头扎扎实实念了六年的。”

“是——”余樱忍不住发笑，“在小学里深造了六年，可真辛苦您了。”

一个要原味，一个拿草莓。

选完冰激凌之后，两人却又因为谁付账这件事而磨叽在了人家老板的收银台前。

“肯定我来付啊，”徐嘉树一脸严肃，“哪有让女孩子掏钱的道理……”

“不行，”余樱干脆地绕过徐嘉树把钱递了出去，“我是长辈，还有工作，你就是个学生——”

“你现在不教我，所以我们暂时平起平坐，而且你倚老卖老也有个度行不行。”徐嘉树皱着自个儿俊朗的五官并以此来表达心中的小小不满，“上次还是姐姐，这次就成了长辈，那下次呢——”他龇着小虎牙，“下次是不是就直接变我祖宗了？哎，也行，你本来就是我祖宗。”

“真是皮孩……”余樱抿抿嘴，不打算跟徐嘉树继续争了，但也没打算把钱收回来。

她朝老板示意一下，就抓了一大把专门为换零钱而摆在台面上的糖：“我随便拿了，”指尖有意无意地碰了碰徐嘉树冰凉的皮衣口袋，她顿了会儿，然后又加上一句，“不全是草莓味的。”

徐嘉树乖乖站在原地，大眼睛一弯，盯着余樱垂下的睫毛笑得开心。

“哎？这不是树哥吗——”

一声远古时期的呼唤，霎时就把徐嘉树从腻味的小天地给捞了出来。

他循着发声源处朝门外看去，原来是初中转学前一块厮混过的几个哥们儿。少年人不追忆往昔，但也的确好几年过去了，当初轰轰烈烈喊着闯江湖的一群人早已恢复生活里的常态，有的人读着中专，也有的人早就踏入了社会，唯独徐嘉树得命运偏爱几分，仗着家境好，就算浑浑噩噩混账过，光明美好的未来也仍旧等着他。不过，他自己倒不怎么介意这些分水岭，哥们儿一招手，他也就迎了上去。

不过聊了没几句，还站在店内的余樱就听到那一小圈里有人探着头问："刚那位美女是谁啊？"

"管好眼睛别四处乱瞄。"徐嘉树笑着骂道，一垂眸看见鼓鼓囊囊的口袋就心情大好，"她啊，我喜欢的人……"

一群人除了徐嘉树统统激动了，甚至还有一两个控制不住就想往余樱跟前凑："美女何方神圣啊，树哥在初中那可是一堆女孩子排着队送情书呢，你这灌了什么迷魂……"

"都给我回来，"徐嘉树眼疾手快地一把拦住激动的哥们儿，接着又不轻不重地抬起腿踢了两脚过去，"会不会说话啊？"然后三言两语就把这群人打发走了。

"出国的事都安排好了吗？"

待人都散了，余樱才慢慢走到徐嘉树身边，跟他一块靠着摩托车看护城河上的夕阳。

"啊，出国的事吧。"徐嘉树张着嘴，犹豫了会儿才说完，"我让我爸先缓缓。"

"嗯？"余樱皱着眉不解，"怎么了？有什么意外还是——"

"哎，不是，什么坏事也没有，你别操心。"徐嘉树笑着看了看地面上两双一样的鞋，又抬起眼皮子看了看天边那一片蜜色的晚霞，"就是我吧，虽然成绩不怎么好，但还是想努力试试看能考成什么样，最好就留在国内了……"

感受到身边人探寻的目光，徐嘉树脸一侧，大大方方地与她对视上了：“但是你可千万别有什么心理负担或者自责我为你抛弃了什么东西啊。不是那么回事儿，就是我自己，不想学语言，也懒得适应新环境，这两件事一听就麻烦死了，所以——余老师会等我的吧？”

“等？”余樱笑着拢了一把头发，然后把眼神别开，“你都明说了不是为我，还要我等啊？”

徐嘉树一愣，直到余樱往他手里塞了一张纸巾他才反应过来他的草莓冰激凌已经融化了。

“努力吧，现在离高考还有一段时间——只是，在你高考结束前，我们不要再见面了吧？”

虽然余樱用的是疑问句，但在时隔好几个月后的西餐厅里，当她看到她的相亲对象对面的座位上坐着徐嘉树时，她还是觉得一阵天旋地转。这皮孩，是怎么找到这地儿来的？

“徐嘉树，”余樱恍惚了很长一段时间，才又说道，“你怎么——”

“走。”徐嘉树穿的还是校服，但眉眼间陡然横生的锐利英气倒是不输周遭任何一个成年人。

他利落地站起身，同时也更加利落地将余樱的手腕攥住，一路将她拖到了马路边。

“徐嘉树！”脱离了有暖气的房间，余樱瞬间清醒过来，她先是一巴掌拍下徐嘉树的手，然后才扯着他的校服让他转过身来好好看着她，“第一，现在是上课时间，你逃课；第二，你刚刚的所作所为，对我们都很不礼貌——”

“你们？”徐嘉树拧着眉，看起来有些狂躁，但眼神却很委屈，活像一只受了伤但找不到同伴舔舐伤口的小豹子，“什么你们啊？怎么就成你们了啊？你让我好好念书好好努力我都听了，不让我来找你我也认了，怎么你还背着我出来相亲了啊？又不是没人娶你，你急什么呢？”

“你乱想什么呢？这是我妈同事安排——”

“玉皇大帝安排的都不行！”徐嘉树说着说着又抬起头狠狠瞪了一眼还留在原位上的余樱的相亲对象，“那个人不好，你杯子里的水空了也不知道续一下，趁你刚刚上洗手间，他还先吃了一块肉！”

余樱一愣，想说什么但是没忍住先笑了出来：“就这样？”

“什么叫就这样？”徐嘉树简直气得想捶墙，“反正你绝对不能嫁给他！”

“我不嫁给他。”余樱仰着脸看徐嘉树，过了一个新年，他好像又长高了那么一点，“我去洗手间就是给我妈打电话说今天这相亲对象不适合。”

“什么叫今天这相亲对象不合适，”徐嘉树还是不乐意，“难道下次换个合适的相亲对象就可以了？”

“徐嘉树，”她哭笑不得，“你是在跟我闹小孩脾气吗？”

“没有，我才没有闹小孩脾气，我只是——”徐嘉树顿了顿，然后故意梗着脖子去看长街尽头最后的一点儿雪景，“你从来不说你的想法，也没答应等我，其实这些就算了，主要是我没到法定年龄，万一哪天你跟谁看对眼了，把证给领了那我岂不是完犊子了？”

余樱没说话，只径直伸出自个儿的手探向了正前方的徐嘉树，她纤细冰冷的指尖先是经抚过了他的高领深灰线衣，接着又蹭过了他棱角分明的下巴，最后停留在了他散发着温热气息的脸颊，然后她一笑，拇指和食指就轻轻地捏了捏他柔软的耳垂。

她说：“好久不见，瘦了哦。”

4

徐嘉树一出考场，就看见了等在界线外的余樱。

她朝他招招手，然后将手里那罐还冒着冷气的草莓奶给递了过去。

“什么啊！”徐嘉树虽然心情大好，但也要撒娇似的撇撇嘴，因为他实在是有点不满意余樱为他先拉开了易拉环这件事，“我也很要面子的好不好，哪有你这样——”

“见好就收，”余樱又给他递了一张纸巾，“我只关心你考得怎么样。”

“就那样呗。”他其实不怎么渴，但还是就着余樱在六月盛夏的温柔笑脸将奶给干了一大半，“你又不是没教过我，我能考成什么样难道你自个儿心里没点儿……”

“嗯？我心里没点儿什么？”

徐嘉树立刻改口：“报告尊敬的余老师，我觉得我就是正常发挥，但愿都蒙对了。”

“题目很难？”

“一般吧，不难也不容易。”才卖了三十秒的乖，徐嘉树就又恢复了赖皮的常态，他歪了歪头，两颗小虎牙对着余樱咧得都要着凉了，“反正再难也难不过追着余老师跑呀！”

“所以呢？”余樱问。

“所以，余樱——”徐嘉树认真地提了一口气，紧张又小心的样子在众多已经开始放松的考生家长中显得尤为不一样，“这是我第一次喊你全名，虽然有点奇怪，但我就是想跟你说，不管是刚满十八岁的我或者是以后二十八岁的我，抑或是八十八岁老到再也骑不动摩托的我……都觉得，喜欢你是一件特别容易的事。想也不用想，这种喜欢，你能理解吗？”

余樱只笑，然后冲一脸严肃得仿佛在做思想报告的徐嘉树挥了挥手：“你下来一点。”

“嗯？”徐嘉树一时没反应过来。

“你太高了。”

“啊？”徐嘉树还是没有反应过来。

“下来一点，你太高了。”余樱好脾气地重复着，“我不想踮脚，太小女生了我自己都肉麻。”

哦，这样哦。徐嘉树似懂非懂地点点头，然后身子慢慢向前倾要去照顾今天也穿了平底帆布鞋的余樱的高度，可是余樱似乎比他更着急，才倾到一半呢，就直接伸手扯住了他白T恤的衣摆，然后他的耳郭里就飘进了一阵温软的、小小的、打着旋儿的气流——她说，我愿意。

哇，徐嘉树盯着还是踮着脚尖的余樱一愣，甜着呢。

小编有话说：

前段时间，特别流行一个问题，你是喜欢霸道腹黑“小狼狗”，还是温柔阳光“小奶狗”？看完这个故事，被这只小狼狗，哦，不，确切地说，是被这只既能“奶”又能“狼”的小男友圈粉了。每个人都会随着时光长大，但是爱情，永远让人怦然心动。

你在什么时候会忽然喜欢一个人

文 / 打伞的蘑菇

软软的头发。小小的虎牙。
还有，那一个瞬间，她猛然哭了。

1

这是夏木梨第一百次被对方粗暴地挂了电话，脸上的笑容还在，心里却早已起了火。可是也只能通过几个来回的深呼吸给压下去，还得告诉自己不能气。

起因是木梨三天前得知本市大亨宋家的小女儿将在这个月底在临江私人庄园举办生日宴。到时候宾客云集，皆是甜心大小姐。

而这对于木梨她们这家濒临倒闭的甜品店来说，可以说是一个千金难求的机会了。

毕竟哪一个一生下来就泡在金浴缸里长大的甜心小公主不喜欢吃甜点呢？这是木梨他们甜品店的智障老板想出来的广告词。

可以忽略。

所以木梨大概是为了拯救甜品店，从三天前开始到现在打了无数个电话，为求一票。

不过照目前的形势来看，有极大可能是遭遇了她人生的滑铁卢了。

何田田凑过来，一副早就料到的语气：“我早说了吧，人家可是本市大亨宋氏财团，甚至一起来看流星雨的那种。我们这样跟卖保险的一样，人家哪里会让我们进去啊？要不我们就别去了，也不是非得去对不对，相信你田田姐，人冷路子野，我们还有别的路子呢！”

木梨白了她一眼，一副不到黄河不死心的模样。

何田田耸耸肩，虽然很不理解木梨，可是也十分欣慰了——没想到这个快倒闭了的甜品店里还真有员工是在为店考虑。

何田田忽然想到什么，说："梨子，你是不是喜欢老板我，所以这么拼命争取？"

木梨挥开她："你走走走，别耽误我事儿。"

不过，何田田也没想到，最后还真让木梨拿到了生日宴的入场券。

私人庄园豪华奢靡的大门外，何田田挺直背整理了一下自己的仪容仪表，咳嗽了两声，声音都有点不稳，问："我的梨，你一个小甜点师哪里来的野路子？该不会是出卖了灵魂吧？"

木梨朝着她笑，眨了眨眼，说："还没卖，留着待会儿卖。"

"什么意思？"

木梨意味深长地看了她一眼，但笑不语。

何田田一头雾水地看着木梨瘦长的背影，不愧是隐藏在贫民窟里的没落贵族了。

2

何田田进来了才知道这里是一个多么需要勇气才能站稳脚的地方。毕竟桌子上随随便便一个盘子看起来就可以抵她好几个月工资了。她抓着木梨的手不肯放开，说："梨子，我的鞋跟会不会太尖了，会不会踩坏这里的地毯啊？"

木梨没有应声。

何田田又晃了两下，这才看清木梨的脸色惨白得有点过分。她心里一惊："木梨，你别是今天白天两顿都没吃吧！"

之所以夸木梨是没落的贵族，是因为这人血糖低得厉害，不给她吃饭可以说是直接谋杀了，随时随地眩晕，十分矫情。

何田田说着慌慌忙忙要去旁边拿吃的，却被木梨拉住了胳膊。

"木梨？"

木梨笑了下，眼底狡黠："我故意的。"

"故意干什么，饿两顿留到现在暴饮暴食？"何田田早就知道木梨的目的不纯了，这会儿是直接把"我有目的"四个字写在了脸上。

木梨没说话，抬眼看着前面。何田田顺着她的视线看过去，是宋家的女儿，很漂亮的小姑娘，笑起来甜到不行。据说刚满十八岁，这会儿既是生日宴又是送别宴，因为她马上就要去国外读书了，就跟自己的小姐妹们聚聚。

可是很明显木梨看的不是那女孩，而是那女孩身旁的男人。眉目如峰，身材挺拔，一身西装更加凸显了他的凌厉帅气。

哇，木梨这么野？何田田有点难以置信，说："木梨，你别是来抢男人的吧，别是还要跟宋家小公主抢吧？"

木梨看着她，说："我不抢啊，是我的就是我的，不是我的我也要不来。"

"什么意思？"

何田田看着木梨正准备往那里走去，却凭空杀出来一个女人，高贵而傲气，站在木梨面前，甚至是用鼻孔看人的，她叫了声："木梨？”

木梨虽然一身行头不如人家，可是气势上却分毫不差，嘴角扯出招牌式漫不经心的笑，说：“是我，不过你是……”

那女人笑：“虽然我不知道你这种人是怎么进来的，又有什么脸来，不过有句话还是要说的……”她靠过来，“他不会也不想见你了。”

“我知道啊。”木梨丝毫不畏惧，“人生气都是要哄的，我这不是来哄他了吗？”

女人斜眼看她，轻蔑一笑：“你以为你们还是以前的关系？你以前就仗着……”

“不是。”木梨打断她，“都过去好几年了，怎么可能还是以前的关系呢？”她笑了笑，接着说，“以前他追我，现在我来追他。”

“你不要脸！”

何田田虽然听得云里雾里的，可是眼看着那个女人一巴掌就要扇过来了，正要冲上前去准备反手甩回去，却被木梨拦住了。

女人还没反应过来，只见木梨嘴角浮现一抹得逞的笑，女人那一巴掌还没打下来，她自己却脚下一崴，扑通一声倒进了旁边的水池里。

“木梨！”何田田没抓住木梨，木梨也没有想过要抓住何田田。她趴在水池边，周遭纷杂之中，很明显能感觉到有一道凌厉的视线看过来。

于是何田田开始更加放肆地哭天喊地：“木梨！”

3

何田田虽然知道木梨路子野，却真没想到她能野到宋家少爷宋禹身上。

据说两人还是青梅竹马，谈恋爱被发现之后各自遭到一顿毒打，然后就分手了。当然，有关两人之间的具体的细节，何田田就猜不到了。

毕竟木梨以前可是学校里的旋风小霸王，怎么会屈服于一场毒打呢？所以何田田猜测肯定是宋禹的问题。

宋禹从病房出来时，何田田和那女人已经在门口用眼神交战了几十回合了。眼看着那女人就要上前来拉着宋禹告状，何田田立马举手发言背叛灵魂，说："我看见了，就是她推的木梨！"然后乘胜追击开始卖惨，"木梨本来身体就不好，她老板又天天压榨她，让她干这个干那个，身体早就不行了，哪还经得住这样一顿泡！"

"可怜我的木梨了。"

"表哥！"

何田田说了半天差点被这一声噎死。这是宋禹的表妹？我的天啊！那她怎么斗得过吗？！木梨也太野了！

"表哥，明明就是木梨她……"

何田田低着头咬着牙，只听宋禹声音沉沉地说："闭嘴。"

"我……"女人要呜咽了。

宋禹接着说："事情怎样我清楚，但是你不该让她置于危险之中。"

空气里的气压一瞬间低了下来，何田田连呼吸都小心翼翼，宋禹声音缓了点，说：“你出去。”

完了，何田田心里咯噔一下，可是抬起头才发现这话不是对自己说的，刚刚跳到嗓子眼的心脏终于回归原位。那女人狠狠地瞪了一眼何田田，何田田理直气壮地看回去。

可是很显然何田田得意得太早了，过了一会儿宋禹的声音在头顶响起来：“你是？”

“我是木梨的老板，我叫何田田。”何田田抢答，可是说完她就后悔了，刚刚还说老木梨受到老板的压榨来着，现在暴露自己的身份岂不是找死。

不过宋禹倒是没什么表情，声音淡淡地说：“她没什么事，待会儿应该就会醒过来了。”

“那……”何田田还没来得及发问，宋禹已经是要走的样子了。

话到嘴边她又换成了一句“谢谢”，谢完又觉得不甘心，叫住他：“宋禹。”

宋禹停下来，何田田说：“木梨她……很喜欢你的，总是跟我提起你……”

“嗯。”

嗯？就“嗯”一声？何田田在心里咆哮，咆哮完也只能叹气，她真的尽力了。

4

木梨没多大一会儿就醒过来了。

何田田心电感应一般从梦里惊醒，看着木梨，问："你还好吧？"

"当然好了。"木梨坐起来，看起来真没什么事，忽然又问，"宋禹呢？"

何田田支支吾吾了半天才说："走了。"

木梨没什么表情，就"哦"了一声。何田田满脸惊讶："就这么算了？你可是差点把自己淹死啊！"

"可是他还是走了啊。"

也是，何田田忽然想起什么来，跳起来说："那女人是他表妹！"

"怪不得眼熟。"木梨嘟囔了一句。

何田田显得十分激动了，她说："表妹哎！他肯定知道是你自己掉下去的，可是还是骂了他表妹！很明显他是站在你这边的啊！所以你俩到底什么关系啊，是前男友，还是前夫啊？"

木梨不知道在想什么，过了很久才说："未婚夫。"

"哇，你别是编的吧。"

木梨看过来，笑道："像吗？"

"不像。"何田田坐下来，"我还是知道一点的，你以前有一个男朋友，后来分手了。你甩了人家，就是他吗？"

木梨没什么表情，说："是。"

"那你现在为什么又去找他啊……"何田田都要怀疑人生了，这么一来生怕听到木梨说出什么没心没肺的话。

果然不出她的所料，木梨说："不是过得不好缺钱吗，吃个回头草说不定还能跻身上层社会呢。"

何田田一脸茫然，还没来得及开口，病房的门就被推开了。宋禹站在门外，手里拎着吃的，眼睛紧紧锁着木梨。

何田田都替木梨捏了把汗，可是木梨却笑得灿烂无比，说："宋禹，好久不见啊。”

宋禹不知道是真没听见还是装作没听见，他面无表情地走过来，何田田立马乖乖地让位退到墙边。

只见他拉下餐桌把东西放上去，对木梨说了第一句话：“谁甩的谁？”

木梨也没想到他会问这个，没心没肺笑嘻嘻地说：“如果你想甩我一次，就先让我追到你。”

宋禹冷笑一声：“追我？”

“对。”

“怎么追？”宋禹看着木梨，瞳色很深。

而站在旁边的何田田却局促得很，这会儿终于逮着机会开口，说：“那个，我先……回去了啊……”

“嗯。”木梨看着宋禹，话却是对何田田说的，“你先回去，要是我回来了，你就借我点钱我给自己准备好墓地；我要是没回来，你就准备好份子钱来参加我婚礼。”

“敢情就是骗钱的啊！”何田田有点蒙，觉得自己可能被木梨套路了。

木梨笑：“谁让你认识我这么一个白眼儿狼呢？”

5

木梨和宋禹是一个院子里长大的。

当时木梨特别神气，街头巷尾都尊称她一声“旋风小霸王”。

有一次自己罩的小弟被这条街的人欺负了，她就带着三两个牙都没长齐的小孩儿去找人算账。

而那人就是宋禹，个子比她高不说，看起来也比她要厉害。

然后木梨特别㞞地眨了眨眼睛，就哭了。

宋禹特别蒙，他还什么都没做呢，睁眼就把人小姑娘给吓哭了，搞得跟他欺负了小女孩似的。他心里也不好受。

于是他往那边走去，木梨就往后退，一直退到了墙角，宋禹说："你哭什么啊？"

木梨说："我哭着玩。"

宋禹叹气："你别哭啊，我不打女孩，所以不会欺负你的。"

木梨擦了一把眼泪："那你……能不能让我欺负一下啊……"说完又悄悄地说，"我不真的打你，我就轻轻碰一下……"

泪眼蒙眬的小姑娘，提了一个毫无道理可讲的要求。宋禹看了眼她带来的那群"小弟"妥协了，说："那你别哭了啊。"

"好的！"木梨忽然就笑起来，闭着眼睛使出自己的三脚猫功夫，趁机把自己手上的泪水全部擦在宋禹干净的白外套上。打完了，她还傲里傲气地说，"我叫木梨！"

宋禹看着自己脏兮兮的衣服，小姑娘下手真的不轻，他说："我叫宋禹。"

"那你以后就是我小弟啦。"

后来小学、初中、高中，两人还一直是同班。

木梨在学校依旧保持着自己"旋风小霸王"的称号，但是毫无疑问，每次惹了麻烦都是由宋禹来处理。

宋禹本来一个家教很好的小少爷，硬是被木梨带成了恶名昭著的“土匪头子”。

为什么啊？

直到很久之后宋禹才知道，什么时候会忽然喜欢上一个人呢？他以为自己和木梨天天混在一起，早就对彼此没了那种意思，只不过是玩得热闹。

可是，有时候才又恍然记起来，他不喜欢热闹，也不喜欢哄人的。

后来木梨和别人分手之后假装受伤到不行，还特别矫情地把自己藏起来。宋禹在看见她红肿的眼睛那一刻，就明白过来了，他说：“别哭了。”又说，“为什么和他在一起？”

木梨泪眼婆娑，说：“因为他追我的啊，给我买吃的买喝的，还教我做题，别人欺负我他还帮我。”

宋禹沉默了很久，说：“我也给你买吃的了，也给你辅导学习了，还帮你打架了……”

“可是你没追我啊。”木梨说，“而且，你会忽然喜欢一个人吗？”

“会吧。”宋禹看着她的眼睛，说得很认真，“所以我追你的话，你就跟我在一起吗？”

“那我现在就跟你在一起。”

6

因为足够喜欢才会在一起吧。

木梨喜欢宋禹，喜欢到什么程度呢？喜欢到会忘记自己喜欢他。就像呼吸一样，明明必不可少，每时每刻都在发生，可是经常忘记自己正在呼吸。

两人的事情后来的确被两家家长发现了。木梨爸爸喝醉了拿着板子打了她一顿，说："你不好好学习给我谈恋爱，你不读书就别读了啊，浪费我钱是不是！"

木梨的背挺得笔直，朝着窗外宋禹的方向喊："我就是喜欢他，不跟他谈恋爱，我也喜欢他！打死我，我也喜欢他！"

这个时候她才意识到，呼吸是多么重要，是自己觉得要死的时候，想拼命抓住的救命稻草。

可是木梨好起来之后去找宋禹的时候，他已经不见了。

听说他也被自己家人打了一顿，这些都是木梨后来听宋禹邻居说的，宋禹被他爷爷拿着皮带抽，皮肉都翻起来了，说你不学好谈恋爱就算了，你还跟劳改犯的女儿谈恋爱！烂东西能生出个什么好东西？！

她爸爸以前喝醉酒打伤过人，坐了很久的牢，出来没两年，这是大家都知道的事情。而大家不知道的是被打伤的是宋禹的叔叔，有权有势，所以木梨爸爸才会在监狱里待了很久。

然后宋禹妥协了，他说："爷爷对不起，我不喜欢她了。"

而那个时候木梨只想了一件事，皮肉都翻起来了，宋禹会不会疼啊？那他肯定哭了吧？

病房里空荡荡的，呼吸在这一刻格外有存在感。

宋禹看着她的眼睛，终于开口，纠正了一个问题，他说："木梨，当初是我抛弃的你。"

"所以呢？"木梨说，"你抛弃了我，所以我要再把你追回来？"

"况且都是过去的事情了，谁抛弃的谁都无所谓了，我不介意一些左邻右舍的说辞，你也不用跟我解释。"木梨一口气说了很多，后来缓下来，看着他的眼睛慢慢说，"毕竟你爷爷对你做的事情，你终究会原谅他，而我不会。"

宋禹沉眸，爷爷当年是把他往死里打了，可正是因为他都快被打死了都不愿意说不要她，他爷爷才搬了家。

等他回来的时候，木梨也已经不住那里了。

"所以是我对不起你。"宋禹说，"你应该气呼呼地打我骂我，而不是把所有的错都揽到自己身上。"

"也不是这样小心翼翼地试探我。"

"还有呢？"木梨从床上下来，走到宋禹身边。

宋禹继续说："不必追我，不必替我承担罪过。我的女孩就应该惹是生非、任性妄为，给我制造一堆麻烦之后没心没肺地找我收拾烂摊子。"

木梨笑起来，小时候的虎牙还在那里，狡猾而可爱，她说："我已经很任性了，这么做就是要让你内疚自责，让你承认是你的错。"

"嗯，我的错。"

"你要哄我，跟我道歉，你要说爱我。"木梨把头抵上他的肩。

宋禹抬手盖上她的后脑，隔了这么多年绸缎一般的触感又回到了手心里，他说：“嗯，很爱你。”

宋禹心里柔软一片，失而复得是早晚的事情，一切都在预料之中，他说：“木梨，没有比你更好追又好哄的女孩子了。”

夏木梨笑，那是因为喜欢你啊，很久以前，在你说追我之前，我就喜欢你了。

夏木梨永远记得宋禹写在作文里的话。

你在什么时候会忽然喜欢一个人。

软软的头发。

小小的虎牙。

还有，那一个瞬间，她猛然哭了。

小编有话说：

想起了刷微博时看见的一句话，如果你觉得一个女孩好追又好哄，那只是因为她很喜欢你。有点儿想采访一下大家了——你在什么时候会忽然喜欢一个人？

沉睡的时光爱人

文 / 海殊

这一次，
我应该可以陪你很久很久。

1

客厅的电视里正在播放一则新闻，现场记者说："我身后这个地方就是国家考古队一周前发现的古墓，据说已有千年。不过可惜的是发掘过程中突发塌陷，很多具有珍贵考古价值的资料全部被掩埋……"

淮子周听着新闻没有过多的反应，依然有条不紊地打包着行李，直到……

"几……啾。"这个连他名字都还喊不利索的声音，明显让他高大的身形一僵。

他沉了沉眸，停下手上的动作，走到五米开外的婴儿床旁边，对上了一双黑葡萄一样的眼睛。

婴儿床上的女婴漂亮得不像话，不哭不闹，一见到他更兴奋了，挥舞着两只小胳膊想要让他抱。

而这个在考古界出了名的天才青年，冷峻的眉眼间闪过一丝无奈。

他看着小姑娘说："羌梨，我在忙，你再不安分一点我就把你一起打包扔进研究所，多的是人对你感兴趣知道吗？"

古墓，尘封的棺柩，不死的女婴。

这样的消息一旦泄露，研究院那群老头儿，估计得把她生吞活剥。

而意外发现了她的淮子周，不得不选择辞掉原本考古队的工作。他捻起女婴胸前印有"羌梨"字样的晶体吊坠，思考了一阵，对上她一直注视着自己的眼睛说："我知道你能听得懂，我们现在得搬家，不要给我惹麻烦知道吗？"

而小婴儿仿佛真能听懂他的话一样，口中吐出两个口水泡泡，怏怏地放下小胳膊。

淮子周有些好笑。

他从在古墓中发现她的那一刻开始，就没把她当成一个普通孩子看待。

而事实证明，短短几天时间，他发现面前的这个小家伙有着惊人的智商和学习能力，至于还有哪些让人惊讶的事实，还有待考察。

恰巧这个时候，门外响起"丁零丁零"的门铃声。

淮子周瞬间冷了眉眼，这处住所相当隐秘，按理说不可能有其他人知道。他走上前打开门，看着门外的人皱眉问道："你来干什么？"

许可欣言笑晏晏，透过门缝往里瞧了两眼说："不请我进去坐坐？还是说……你在里面藏了什么不可告人的秘密？"

淮子周露出不耐烦的神情，侧身挡住她的视线说："这是我的私人空间，何况我已辞职，我们现在没有任何关系。"

"真绝情啊。"许可欣笑容不减，靠近淮子周轻声道，"我们好歹也是多年的同事，就算做不成恋人，也没有必要老死不相往来嘛。你知道的，为了你我可以做任何事情，比如说毁掉一座……千年古墓。"

淮子周毫不留情地扯开靠上来的人，看了她一眼嗤笑道："我当是谁干的，你的目的是什么我不关心。"说着加重语气警告，"但你最好别来试探我，我对你们那个团体一点兴趣都没有。”

这两年考古界崛起的 HC 研究所，里面都是些疯子。

许可欣脸上的笑容渐失，她不甘心地看了一眼他背后的门，然后愤愤离去。

打发走人的淮子周，一进门就见到了翻身趴在婴儿床边的姑娘正抻着脖子往外瞧，一张粉白的小脸涨得通红。

淮子周抱着手臂站在旁边笑着看她，直到她咿咿呀呀表示不满之后，他才弯腰托住她的腋下把人抱起来。

他点了点她的鼻子说：“麻烦来了，我们得提前搬家。”

小羌梨一脸懵懂天真，又不求甚解的模样。

淮子周摇头叹气：“算了，你不用懂。”

虽然是个大麻烦，但自从在古墓中像是被某种神秘力量牵引着找到她的那一瞬间开始，他就无比清楚，这是他自愿背负的，没有缘由。

也正是因为时间提前，匆忙间的淮子周并未发现小羌梨胸前的晶体吊坠遗落在了婴儿床的旁边。眼泪形状的晶体，中间有一抹鲜艳的血色。

静静地被遗留在角落里。

2

一年后的小城郊外。

午后的阳光带着适宜的温度洒进纯白色的小洋房，一只黄白相间的猫在庭院的花丛里扑着一只彩色的蝴蝶，上蹿下跳。

“毛豆！”推开院门的小姑娘一声娇喝。

小姑娘六七岁的样子，唇红齿白得像个娃娃。她背着小书包，冲进来时语气里带着气急败坏：“你怎么这么不听话，都说了这片花圃是子周亲手种的，又被你给糟蹋了！”

赶走了胖猫，她蹲在地上看着花圃的眼睛里带着心疼。

子周为这片花圃花了不少心思的呀。

这时，二楼的窗户打开了，穿着灰色棉质家居服的淮子周倚在窗边。

羌梨兴奋地招招手，说：“子周，我回来了。”

淮子周勾了勾嘴角，点点头表示知道了。直到羌梨飞快地蹿进屋里，他才敛了笑意，揉揉眉间压下眼底的复杂。

如他所见，小羌梨长大了。

可令人无法想象的是，她长成如今的模样，只用了短短一年的时间。

这并不是个好消息不是吗？

木楼梯上传来噔噔噔的声音，很快，小姑娘的身影就出现了，一见到淮子周，隔了老远她就开始往他怀里冲。

淮子周无奈地搂住她，沉着声音说：“羌梨，你这毛病可要改改。”

她咯咯笑，摇头表示拒绝。

羌梨搂着淮子周的腰在他胸前蹭了蹭，她喜欢子周身上的味道，总是带着淡淡的花草清香，像是待在森林一般的舒适沉静。她小小咕哝了一声“喜欢”，笑得弯起了眼睛，表情和院子里那只叫毛豆的猫如出一辙。

淮子周问她：“上学的感觉怎么样？”

“不怎么样。”羌梨撇嘴，“同学都很幼稚，老师讲的我全都懂，上课只想睡觉。”

这话丝毫没有夸张，这栋房子是经过改装的，一楼旋转楼梯下是间可以办一家书店的书房，里面的书她看得差不多了，可以说，除了面对淮子周的时候，她对外的心智绝对不亚于一个成年人。

她说完像是不甘心一样抬头继续问：“我能不上学吗？”

“不能。”淮子周挑了挑眉说，“你需要正常的生活，需要朋友。”

“我不需要朋友，我只需要你呀。”羌梨脱口而出的话完全没有经过任何思考，对她来说，这个世界上只要有淮子周，就够了。

淮子周从喉咙里挤出两声笑，摸了摸她的头发没有言语。

羌梨的成长速度超出他的预期，这一年多的时间以来，他翻阅了无数资料都没能找到解决办法。直到最近拿到了抑制生长的针剂，她的情况才得到压制。

这也让淮子周暂缓了一口气。

她的身体虽然特殊，但不到万不得已的情况，他并不想让她接触任何科学实验。

等到好不容易哄着人睡下，他才回到改装过的书房，按下开关打开了后面的实验室。

穿着白大褂的荣夜脱下手套迎上来问：“怎么样？今天没有变

化吧？”

淮子周摇了摇头。

荣夜看着面前一向遇事波澜不惊气定神闲的好友，想想一年前的他还站在考古界的中心，那么有天赋和才华的人，如今却甘心销声匿迹待在这么个小地方。

荣夜说道：“HC 可一直没放弃查找你的行踪，羌梨的存在太危险，你……”

他没有说完的话，在好友冷眼看过来的视线里被他吞进肚子里。

3

羌梨做了个梦。

梦里她全身的骨骼像是被人一节一节掰断，然后重组。她拼命挣扎都没用，而声音像是被堵在了喉咙口，怎么也发不出声音。

不知道究竟过了多久……

“子周！”

她喊出这个名字的同时从床上弹了起来。

她胸口起伏不定，感觉自己全身像是从水里捞出来的一样。

门从外面被猛地推开的时候，羌梨撞进了淮子周的眼睛。

她在那双一向沉静温和的双眼里，看见了毫不遮掩的震惊。

事实上，那不单单是震惊。

距离羌梨使用抑制针剂不过短短半个月的时间，他没有想到，他的小姑娘会在一夜之间长大。

原本那件六七岁孩子的睡衣因为急速成长的身体已经被绷坏，露出了属于十八岁少女的曼妙曲线。她的脸颊褪去稚嫩的婴儿肥，汗湿的黑发贴在五官精致的巴掌脸上，眼睛里还带着瞬间的迷茫和无措。

“子周，我是不是要死了？”看清眼前状况的羌梨，睁着眼睛这样问门口处的人。

冷气入肺，一瞬间扯得淮子周的心生疼生疼的。

他三步并作两步走上前，扯着被子裹住床上的人，摸了摸她的头发说：“不会。”

羌梨顺势靠在了淮子周的肩膀上。

她攥紧了他的衣角，棉麻的质感似乎带着安定人心的力量。她闭了闭眼说：“不要骗我，我知道人这一生不过短短几十年，我比别人长得快，所以也会比别人死得早不是吗？”

淮子周没有回答，安抚性地摩挲着她汗湿的脖颈。

就在羌梨快要睡过去的时候，她迷迷糊糊地拽着淮子周说：“子周，如果有一天……你就把我交出去吧。”

淮子周的身体瞬间紧绷，低头看着怀里的人狠狠皱了皱眉。

察觉到他僵硬的身体羌梨无声地弯了弯嘴角，搂着他腰的双手越发用力。

她这一生最初的记忆，就是淮子周，也只有淮子周。

从睁开眼的那一瞬间，斗转星移，她的眼里就不曾进驻过任何其他的人或事。

但她是个怪物。

一个智商不凡，还会急速成长的怪物。

她从来不曾埋怨为什么自己是这样奇怪的存在，甚至不想探究她的来处、她的归所。她只是很遗憾，子周为她放弃太多，而她却好像没办法陪他更久。

4

自从羌梨一下子成年之后，淮子周开始频繁外出。

荣夜代替他的角色每天给羌梨做各种身体检测，偶尔会给她注射一些天蓝色的针剂。她问荣夜那是什么，他含糊道：“没什么，就是你以前用的那种药。”

她不信，因为近段时间，她的身体非常健康，没再出现过任何问题。

她又问：“子周呢？”

荣夜说他在忙。

再一次见到淮子周的时候，他带回了一个意料之外的人——许可欣。

羌梨一眼就认出了许可欣，一年前找到子周，在他家门口与他说话的那个女人。

她用一种惊奇到近乎贪婪的目光盯着羌梨，这让羌梨觉得非常不舒服，条件反射性地往子周的身后躲了躲。

淮子周揽着她，冷眼对许可欣说：“你住在这里可以，但离她远一点。”

“她为什么要住在这里？”羌梨问。

许可欣嗤笑两声道：“羌梨是吧？别紧张，我可是淮子周亲自请来的客人。”她特地咬重了“亲自”两个字，像是这件事情令她异常愉悦。

这令羌梨感到有些愤怒，她不喜欢她和子周的领地有另一个女人进入。

但显然子周在这件事情上异常坚持。

当天晚上半夜时分，羌梨被噩梦惊醒。

她赤脚出门摸到了子周的房间门口，发现他房间灯光大亮，隐隐有声音传出。

透过半开的门缝，她看见了抱着手臂站在子周面前的许可欣。

许可欣说："淮子周，一年前我有意帮你隐瞒，但我没想到你居然宁愿辞职也不肯加入 HC。千年不死的女婴啊，呵呵，养在身边难道是为了做活体研究？"

羌梨所站的角度看不见淮子周的表情。

但很快，她发现他居然瞬间掐住了许可欣的脖子，沙哑着声音说："你没有猜错，不过许可欣，你要是敢透露羌梨在这里的消息，我保证你见不到明天的太阳。"

许可欣抓住他的手腕，憋红着脸说："你以为你能瞒多久？HC 研究院的人迟早会知道她的存在，找到这里只是时间问题。"

"那是我的事。"淮子周松开了手，看着许可欣冷冷道，"你只需要完成我们之间的交易，研究一旦有了成果，自然有你一半的功劳。"

"谁？"淮子周第一时间察觉到了门外有人。

羌梨呆呆地站在门口，和打开门的淮子周四目相对。不知是不是羌梨的错觉，他刚刚面对许可欣那满身的戾气和戒备，在见到她的那一刻瞬间消散。

她喊：“子周。”

原本想要靠近他的时候，他却突然一记手刃击在她的后颈。

接住软倒的女孩，他抱起她，看着后面跟上来的许可欣说：“记住你的承诺。”

5

事实上，半年前淮子周就开始零碎地做一些奇怪的梦。

梦的背景，是一千多年前的天都王朝。

千年以前，王朝出现了一位巫女。因为天灾，她需要一位拥有至阴之血的女子来祭祀。

被选中的那个女子，就叫羌梨。

羌梨是这个封建时代迷信的牺牲者，需要每日取她的一碗血供养一个被选出来的女婴，共用时七七四十九日。

可惜没等到这场祭祀终结，王朝就已覆灭。

挥兵而入的领头人名叫淮子周，难得的是，他不是一个残暴狠辣之人，将当时已经奄奄一息的羌梨和婴儿都一同养在宫中，命人悉心照料。

羌梨居然渐渐好了起来，她本就是一个容色绝美的女子，性格温柔娴静。

最终她和那个至高之位的人相爱了。

京都渐渐流传出一种说法，说当朝的君主被一个不祥之人蛊惑，群臣上书，民怨沸腾。

那个时候朝中局势未稳，淮子周没能护住她。

连那个被羌梨的血养了一个多月的婴儿，在羌梨被毒害之后也突然没了呼吸。

君王杀掉了所有在背后煽动流言的人，赐死了羌梨宫中所有的宫女太监。

他最终没能实现和那个叫羌梨的女子厮守的诺言，冷心冷情，从此的帝王霸业里，孤独的至尊之位成了他余生唯一拥有的东西。

他用自己的心血为石，对那个像是沉睡了一样的婴儿说：“你大约是这个世界上唯一还和我的羌梨有所羁绊的人，这冰冷的墓穴，希望终有一天能有人为你开启。”

千年后的淮子周，常常在梦醒之后分不清自己究竟是谁。

他身在局外，心在局中。

当初能够走上考古这条路，就像是冥冥之中的选择。直到在尘封的棺柩中，发现了那个第一眼就冲他笑的小姑娘。

一年多的时间以来，为了她，他做过无数次的测试和研究。

直到这个梦越来越完整和清晰的时候，他才将这一切与当初小姑娘脖子上戴的那条项链联系起来，那个以帝王之血铸成的晶体。

等他查清一切的时候，那个晶体已经被当初返回的许可欣带走，交给了 HC 研究所。

把怀里的小姑娘交给荣夜，荣夜看着好友说：“你真的要这么做吗？”

“嗯。”他看着羌梨沉睡的脸应了一声。

女孩子安静地闭着眼，长长的睫毛在灯光里投下淡淡的剪影。

荣夜有些不赞同，他说：“HC 里的那群疯子原本的目标就是你，现在除了许可欣还没有人知道羌梨的存在，对那些人来说，你的价值远远大于羌梨不是吗？”

淮子周自从和羌梨在一起后，收敛了所有锋芒。直到此刻，他又变回了当初那个在考古界无人能追赶，浑身被漠然和冰冷包裹的男人。

当初的淮子周那是怎样一种存在啊。

是被业界称为是上帝眷顾的人。

考古是需要一些运气的，他除了自身的天赋和能力，每一次出门都能给业界带来惊人的发现和价值。

年纪轻轻，成就非凡，多的是团队想要花重金让他加入。

如果不是晶体落入了 HC 手中，他也不会被许可欣抓住把柄相要挟。

许可欣以为他养着羌梨是为了做研究，她瞒着 HC 的人承诺淮子周，只要研究成果分她一半，她可以帮助他拿回晶体。如果不行，羌梨的存在就不再是秘密。

但为什么只有她知道羌梨的存在和异常呢？

淮子周勾勾唇角，落在羌梨脸上的目光骤然温和。他轻声说：“究竟是谁入了谁的圈套，现在说还为时尚早。”

荣夜被噎得无话可说。

6

半年后有一件震惊考古界的大事发生。

在业界迅速崛起的 HC 因为进行非法研究项目，研究基地最终被国家摧毁。与此同时，一个叫许可欣的女人因为胡言乱语被确诊为患有精神疾病，被送往疗养院，当然这件事知道的人很少。

小城郊外，熟悉的草木和院落。

半靠在淮子周怀里的羌梨还是十八岁的模样，她换了个舒适的姿势之后就不动了，摸了摸胸前的吊坠问他："这东西真的这么神奇吗？"

"嗯。"淮子周没有过多解释，因为世间有太多的事情是解释不清楚的。

就像羌梨听着一段千年之前的故事，像是看了一本话本一样。

她原本不知归属，不知姓名，但她现在有淮子周。

她突然觉得命运的馈赠有些奢侈，奢侈到她都开始害怕遇见他会不会又是她穿越到另一个时空或者世界，所经历的一场梦。

"在想什么？"他问。

"在想……这一次，我应该可以陪你很久很久。"

淮子周吻了吻她的额头。

他走进千年的墓穴，开启了一段尘封的往事。

往事里的羌梨没能陪着那个淮子周走到最后，但是他一直无比清楚，羌梨不是那个羌梨，而他，自然也不是那个淮子周。

时间的长河里，跨越千年羁绊，最终能找到她，就是命运最好的安排。

小编有话说：

都市与古言穿插得自然而然，忍不住为海殊仙女打电话啦。“千年不死的女婴啊，呵呵，养在身边难道是为了做活体研究？”透过文字，都能想象羌梨听见这句对白时的悲伤。幸好，千年之前的悲剧，换来了今生淮子周与羌梨的重逢。这一次，他们会在一起，很久很久。

Chapter 4 致余生

我最喜欢的那个人，陪我一起走过余生。

拥有你多浪漫

文 / 姜辜

为了你，
我可以变成饥饿的猫、
淋湿的狗，
还有怎么都赶不走的夏日昆虫。

1. 梦游的鹅毛枕姑娘

江彻还从来没有见过这么奇怪的客人。

他开的是酒吧，见惯了夜色中涌动的香艳与潮流，所以他才在匆匆一瞥中就发现了人群中戳着一个特别扎眼的存在——素面朝天，扎着松松垮垮的马尾，穿着一件蓝白条纹的大衬衫和一条家居风格的浅绿色长裤的姑娘。他坐在二楼的窗户边，不自觉地盯着那姑娘已有三分钟之久。

夜风有些大，来来回回地吹灭了好几次江彻火机上的橙色火苗，但他也不怎么着急。

那姑娘一直戳在他的酒吧门口，明明都被吹得开始打寒战了好像也没有要离开的想法，相反，她时不时地踮着脚仰起脸，一副很想要看清酒吧里的状况的急切模样。

终于，江彻点上了一根烟。他想，相比于来这儿玩，这姑娘更像是在家里睡到一半然后梦游症发作的小可怜，就差手里没有抱着一本童话书或者一个熊玩偶了——等等，江彻再一看，那姑娘怀里好像真的抱了几本书。他不禁招手示意服务员去问个清楚。这姑娘，干什么呢?

“老板，我问过了，人家小姑娘说她什么也不干。”

服务员哭笑不得地爬上了二楼，平心而论，他也觉得那傻站在酒吧正门口的小姑娘挺奇怪的，打了好几声招呼，但她就是不愿意迈进大门，可她也不走远了，就这么一脸殷切地望着从酒吧里进进出出的众人。偶尔像是看到了什么似的，还非得凑到那人跟前仔细盯几眼才行。

“她说她就想看看咱们酒吧里是不是有她朋友……应该就是找人吧。”

“找人？”江彻眉一挑，眼神仍旧落在楼下那个小姑娘身上，然后看到她转了个身，头绳是一只抱着胡萝卜啃的胖兔子——江彻一笑，他都好多年没见过这种东西了，“为什么不进来找？”

“我也问了，她说她不太好意思，”服务员挠了挠后脑勺，印象里那小姑娘的声音又糯又甜，“还说她眼睛够好，所以站在外面找人也能找得到……对了，老板你知道最好笑的是什么吗？她还怕我怀疑她是坏人，从衬衫口袋里唰一声掏出了她的学生证，叫什么尤小槿，大二了。”

尤小槿——这名字倒可爱。配着小姑娘被风吹得鼓鼓囊囊的衬衫，让江彻想起了家里那只鹅毛枕。

2. 你这儿规矩真多

“进去找你朋友吧，没关系的。”江彻将手中的烟抽完之后，又用半杯柠檬苏打水漱了漱口，这才从二楼的包厢走下来，站在了尤小槿的面前，“今天晚上外面有点冷。”

“你是……”尤小槿被关心得一个激灵，随即又警惕地看着面前这个黑衬衫男人，“你是谁？”

“酒吧老板。”江彻言简意赅。

“那、那我……”尤小槿有些不好意思地往后退了一两步，她接了电话之后就从寝室匆匆忙忙地赶了过来，浑身上下除了一张公交卡之外就只剩下了一部电量为百分之十二的手机，“那你这儿能手机付账吗，就是可能你还得借个移动充电宝给我……”

“找人不要钱。”江彻眼神一瞟，看清了尤小槿怀里抱着的是两本大学英语书。

“可是你那里明明白白写着的，”尤小槿指了指酒吧门口边上的一行小字，并像上课朗读文章一般念了出来，“进店即消费，人均最低 98 元。”

江彻被尤小槿逗笑了，便开门见山地跟她保证：“我不收你这 98 元，行吧？”

“为什么？”尤小槿狐疑地看着眼前这个身形颀长的男人，她深知无商不奸与天下不会掉馅饼这两句话的含义。她近来已经很倒霉了，实在不想再吃这种意外之亏。

“因为你一直在我店门口瞎转悠啊。”江彻语气无奈，细长的食指挠了挠自己耳后的那块肌肤，“还时不时抓着我的顾客东看西看——这样，我间接损失掉了很多个 98 元。”

尤小槿的脸噌一下就红了。这老板的话好像很有道理的样子。

于是她埋着头，紧了紧平日里只会在寝室和澡堂里才穿的特大码衬衫，乖乖地跟在江彻后面踏入了灯红酒绿光怪陆离的世界——说来也挺不好意思的，快 21 岁的人了，眼下是第一次进酒吧。这也是为什么先前服务员邀请她进来时她下意识拒绝的原因。怯嘛，没来过。

“你要找什么人？”江彻的声音虽然低沉，却莫名地穿过了酒嘈杂的音乐和喧嚣的欢呼声来到了尤小槿的耳边，“说不定我认识。”

这——尤小槿眨巴眨巴眼，这要怎么说呢？

总不能真的对着眼前这个刚认识不到十分钟连名字都不知道的社会人士说，因为她被初恋男友冷暴力对待到分手边缘了，而今晚又听到他来这里泡吧的消息，所以她毫无形象地千里寻夫来了吧。丢脸也不是这么丢的。

“我叫江彻。”见尤小槿突然沉默了下来，江彻便随意扯了一个话题，“江流的江，彻底的彻。”

“哦，哦……你好，我叫尤小槿，尤其的尤，小孩的小，木槿的……”

哎，最后那个槿字呢？不说了？江彻好笑地想，怎么当代大学生做个自我介绍都能卡壳，结果一回头，却看到了尤小槿紧紧抿着的双唇和泪汪汪的眼睛。他顺着她的目光看过去，是一个二等卡座，沙发上有一对年轻男女，男的正用胳膊半环着身旁的女孩子，看起来挺开心的。

江彻是个聪明人——就算不聪明，那也比尤小槿多活了七年。他一看，就知道怎么回事。

“怎么，”江彻声音很轻，似乎还带着些柔软温暖的笑意，“他欺负你啊？”

这一问好像有点莫名的安慰，可尤小槿还是垂着眸，眼泪啪嗒啪嗒掉地掉在她的卡通拖鞋上。

于是江彻没有再等了，他那看似多余的一问不过是探探尤小槿的态度，若是反应够强烈的话，那他便放那个男孩子一马，给那男孩留点面子，但如今——江彻朝那暗色沙发大步前行，单手替他们按了服务铃，面对一脸错愕的年轻男女，他也只是轻轻笑了笑："现在起身去前台买单吧，就算是学生，今天也不打折了。"看着还呆呆傻傻站在舞池边抹眼泪的尤小槿，江彻离开的步伐也慢了下来，"还有，以后换个酒吧，我这儿不欢迎把小姑娘欺负到哭的人渣。"

解决了那一对年轻男女后，江彻便默不作声地跟着尤小槿来到了吧台旁。她坐着，他站着。

尤小槿断断续续地哭了一通之后觉得有些累，口也有些干，于是她将书拍在了桌面上，示意正在调酒的酒保也给她来一杯。她看不懂酒水单上那些好听的名字，也搞不清楚那些名字后面跟着的阿拉伯数字，那就干脆——随便吧。反正电影和电视剧里都说了，失恋的人最大。

"我要一杯不是很苦的，"一张嘴，还是有些哽咽，她又补了一句，"但是一喝就醉的。"

"啊？"酒保眼力见儿十足地看向了尤小槿身旁的江彻，笑着询问，"老板你看这……"

"别听她乱说。你调完这杯酒给她热一点牛奶就行。"江彻一边说，一边歪着头去看此刻的尤小槿，皮肤很白，娃娃脸，圆圆的下巴上还挂着没有抹干净的泪珠子，“怎么，还哭呢？”

“你管我！”尤小槿觉得自己被眼前这个气定神闲的社会人士给笑话了，于是要强地梗着脖子对着他提高了些许音量，“我就是要喝酒！我可以手机付款！还有钱给小费……”

“是这样的。”江彻笑着揉了一把尤小槿乱糟糟的发顶，“我这儿呢，也不欢迎小姑娘买醉。”

3. 如果一顿火锅不够，那我请你吃两顿

江彻也没想到，他还能再见到小哭包尤小槿。

他有一个发小在大学里当讲师，本是两人约好了要一块吃个晚饭，但不巧的是，当江彻站在走廊上好不容易等到下课铃响起时，发小的手机铃声也跟着响起。

“完了阿彻，我老婆喊我回去。”发小一边耸肩一边讨好似的朝江彻赔着笑脸，“她说今天是我和她当初谈恋爱的百天纪念日，所以我必须……”

“行，行。”江彻被这突如其来的变故醃得不轻，只得赶忙比了一个暂停的手势，“你滚吧。”

“嘿嘿，下次，下次等那家烧烤店翻新开门了，我请你吃两顿行吧？就算给今儿个的事赔罪了，大热天的，还要你开车过来等我下课我也挺不好意思的。”发小下意识地拢了拢怀里的教案，嘴一絮叨起来就没有停下来的趋势，“可是你也得找个老婆了不是，虽说我们这一伙人中就你长得最帅，但你也不能老这么单着啊，你不知道现在的……”念叨着念叨着，发小却突然发现江彻笑了一下。

这一笑，直接把发小给惊着了。虽说江彻这人脾气算不上多坏，但也绝不会在这种情况下露出此等笑容——发小将信将疑地转头过去，果然，不是冲他。

“尤小槿——”

江彻的背后是蓝盈盈的天空和绿油油的树叶，就是在这样一番漫画儿似的背景下，穿着白衬衫的江彻歪了歪头，字正腔圆地跟因为睡了过去所以此时才慢吞吞挪出教室的尤小槿打了声招呼。他说：“傍晚好啊，上课辛苦了。”

“啊？”尤小槿明显还没有回过神来，她半眯着眼睛盯了好久才反应过来眼前这个五官俊朗的男人是谁，“你是那个酒吧的——”话说到一半，她又发现身旁还站着一个老师，于是她下意识地抹了抹嘴角边的口水痕迹，典型的学生心态让她心虚得不行，“老、老师好……”

“喂，叫你呢——”江彻拉长了声音，并朝着自个儿的发小努努嘴，“你还不抓紧时间去给你老婆挑几份礼物？空手回家的话，我看你还不如跟我去吃饭。”

“哦，对，对。”发小一拍脑门，便打算立刻动身，“那行，阿彻，我先走了。赶明儿我请你……”

“不用，我不惦记你那几顿饭，”江彻大方地摇了摇头，眼神却落在还懵懵懂懂的尤小槿身上，“只要你期末别让尤小槿挂科就行，不然啊，她一定——”一定会哼哼唧唧哭得很惨的。

“我们为什么要来吃火锅啊？”

尤小槿有些别扭地坐在全市最好的火锅店内，这个店她曾经和舍友慕名而来，但最终因为等位的时间太长而放弃，但好像刚刚跟着江彻——就像那晚进他家酒吧一样轻松?

“你不喜欢吗？”江彻挑了挑眉，接过了服务员手中的菜单，末了又看了一眼尤小槿放在桌面上的软抄本——外皮花里胡哨不说，她还在上面贴了火锅和鱼丸之类的贴纸。行，点份鱼丸。

“不是啊，”尤小槿的马尾愉快地扫着她的后脖颈，“我是想问，为什么是我和你吃火锅啊？”

“因为我被你们的无良老师放鸽子了，所以你当作可怜我。”江彻似乎并不打算在这些没有意义的问题上浪费时间了，他抬眸看她，小姑娘的脸被锅底腾腾的热气给氤氲开来，于是他就像跟小孩儿说话般放软了声音，“能接受什么程度的辣？有没有忌口和不吃的东西？”

“都行，我什么都吃。不挑的。”尤小槿乖乖地摇着头，“辣不辣的话，随你就可以，我都行。”

“好。我点完了之后你再看一遍。”江彻边笑边点头。他喜欢与不挑食的人共餐，氛围轻松。

“怎么样，”江彻用漏勺给尤小槿烫羊肉卷，“有没有翻篇？”

“什么啊……”虽然江彻没有明说，但尤小槿也知道他指的是哪方面，“就算我没有很喜欢我之前那个男朋友，但他好歹也是我初恋啊……哪能这么快翻篇啊，才过去不到一个月。”

“所以说你是小姑娘啊。”江彻笑着又给她捞了两颗鱼丸，并出声提醒，“里头有芝士，会有点烫。”

尤小槿垂着眸嘟了嘟嘴，又用筷子尖戳了戳圆鼓鼓的丸子：“那不然还能怎么样啊……”

“给你打个比方？”江彻停顿的同时，沸腾着的红油也蓦地安静了下来，“就好像开车，新司机一旦遇上了点什么问题就慌得直哭，车子也撂一旁没心情去管了，但老司机不同，老司机的车子出问题了，那好，自己能解决的就打开后备厢里的工具箱，自己不能解决的，打电话叫修理厂——路还长，没有什么比驶向终点更重要。”

尤小槿没有说话，只是愣愣地看着江彻。

“再说得粗俗点，买醉、闹脾气、掉眼泪、声嘶力竭地吼着老死不相往来，这些都是小孩子干的事情，”江彻也抬眼看她，“像我们这种疲惫的社会人士会怎么处理失恋呢？很简单，谈清楚之后，吃饱睡好，要么一个人活得像个人，要么变成饥饿的猫、淋湿的狗，或是怎么也赶不走的夏日昆虫，盖住一切骄矜的人性只为征服新目标……”

“那、那个江彻哥……江彻叔，”尤小槿慌慌张张的，就结巴了起来，“你别说了，越说越……”

“好啦，逗你的。”就着给尤小槿添满冰镇酸梅汤的动作，江彻终于可以不再看她像是哭了很多天的红肿眼皮了，“我只是想告诉你，这坎儿你总会迈过去，而且回头看的时候压根就没有想象中难受，没准还得骂自己傻缺——总之，趁热吃肉吧。一顿不够，我再请一顿。”

4. 你可以选择用夜景来交换

就这样，江彻和尤小槿渐渐地熟了起来。

这种熟悉来得舒服又缓慢，藏在每一日的生活点滴与人间烟火里。

江彻是本地人，知道这城市所有好吃的和好玩的地方，于是悠闲的周末也好，尤小槿没有课的工作日也好，他总会抽一些时间将车停在她寝室楼下带她去下各种馆子。

尤小槿听别人说，三岁一代沟，五岁一鸿沟，按照这个算法的话，那她和江彻之间，大概是隔着一道宇宙裂痕般的沟壑了——但其实一点也没有想象中吓人。在她看来，江彻脾气好心眼也好，不管做什么都是一副淡定潇洒、收放自如的模样。但有些遗憾的是，哪怕到了二人单独吃饭超过三十次的今天，她都没有口福品一品江彻花了大价钱从北京请过来的调酒师的手艺。因为江彻总说，酒吧那种地方，本就不是她这种小姑娘该去的。好吧，那就听他的吧。

“今天这顿，一定要让我买单。”尤小槿放下筷子之后郑重其事地看着江彻，语气坚决。

“说很多次了，你先用手机备忘录记下来，改日一起还我就行。”

江彻见的人多了，便能精准且快速地分清那些要买单的口气中，哪些是客套哪些是口头说辞，而哪些是真的捏着衣服口袋里的钱包，诚挚得像是在发誓。

“这里是我以前念高中的时候最喜欢来的地方，虽说已经换了一个老板了，但所幸味道没有差太多。”

“好吃。红烧鱼块好吃，手撕鸡好吃，炒青菜也好吃。”

尤小槿一边认真地点着头做总结，一边用自己肉肉的指头点开了密密麻麻的备忘录——她其实是个不怎么习惯用备忘录的人。在认识江彻之前，这里几乎是一片空白。但现在，江彻总带着她在这个陌生又熟悉的城市里来回穿行，偶尔去老城区的弄堂巷尾里找一家土味餐馆，偶尔又停在市中心的商场顶楼里点几道精致的摆盘。他们就是在这样类似集邮和定点飞行的状态里对彼此越来越熟悉。比如现在，江彻就算不特意抬着眼去看尤小槿在她的手机上叮叮咚咚地敲了些什么，光凭着她此刻的表情他就能得知她对今天这一桌饭菜的满意程度。小姑娘嘛。

“对了，你是不是说下午要去看 IMAX 来着？”尤小槿按黑了手机，满脸的遗憾，“我也是刚刚才想起来我不能和你一块去了。我选的副专业要出去写生了，我得买点生活用品带走。”

于是，说着不放心小姑娘独自出远门的江彻，干脆一直陪到了超市的购物车旁。

事情果然不出江彻所料。

他只是垂着眸回了一条有关于酒吧营业的信息而已，面前的推车里的各种膨化食品已经垒起了一个可观的高度，不远处的尤小槿费力地踮着脚向着购物架上的最高一排靠近，那模样就像是一只在采食过程中跃跃欲试的小松鼠。

“原来你说的生活用品——”江彻手一伸，就帮着尤小槿捞下了那罐曲奇，“就是这些啊？”

“当然了，车上来回八个小时，我们去写生的地方又是个小村庄，肯定要多买一些零食的。”就算听懂了江彻话里的玩笑意味，但尤小槿也没打算悔改，“我不管，反正我还要拿更多的零食。”

“好，你尽管买，想吃什么拿什么。”江彻一边点头一边将推车交给她，而他自己又从柜台旁推了一辆空的出来，“你买零食，我来给你挑真正的生活用品。”

“乡下蚊子很毒，你得备一瓶 50ml 以上的驱蚊液。洋甘菊和茉莉花，你更能接受哪种？”

“习惯用湿纸巾还是干纸巾——算了，你看起来也不挑，都买一点吧。”

“绿色小瓶的是洗发露，挨着它的是护发素，它俩边上蓝色的小瓶是沐浴露，喏，还有牙膏。”

“拿了两盒眼罩，你嫌占地方的话回头拆了盒子就是。换了一个环境，头几晚你肯定睡不好。”

尤小槿推着自己的零食车，亦步亦趋地跟在江彻身后，他说什么，她就立刻捣蒜泥般点头或者说一些“好和随便、都行”之类的——难怪江彻总说她是个傻傻的小姑娘。这会儿，连她自己以及她莫名有些羞怯的红耳朵都不得不承认这回事了——她傻，但江彻不傻。他在照顾她。

付款的时候，尤小槿说什么也要站在江彻前头。

“别吧，”江彻被眼前人弄得有些哭笑不得，“在外边儿，哪有让女孩子掏钱的道理。更何况你比我小那么多，你要出趟远门，我给你买点吃的用的，很正常。”

“不，不行。”尤小槿咬着下嘴唇，“我说不行就是不行，这个……得我来付。没道理让你买单。”

“就这么点东西而已，我不是也没帮你买写生用的专业用品吗？”江彻一边懒懒散散地笑着一边伸手揉了揉尤小槿的发顶——一如他们初见的那天晚上，“你用备忘录记下来就行。我想想，你要去的地方好像夜景很美——这样吧，你拍点照回来给我看看就行。随便拍什么。”

5. 比你大五岁以上的绝对不是什么好男人

到了写生的小村庄之后，尤小槿才发现这儿的星空果真比城市的要美上很多倍。

她躺在旅馆的小床上摆弄着手机，想着要怎么样才能拍出几张足够抵得过那么多顿美食和江彻打点了她这一次出门的行李之恩呢？奇怪，她干脆支起上半身，从纱窗内探了出去，这后置摄像头一点儿也没有广告里说的那么神奇嘛，怎么拍都不是很好看。

“小槿你干吗呢？”洗完澡出来的舌头一边擦头发一边笑着尤小槿此时的动作，“我们这是三楼，你这姿势当心连人带手机一块摔下去——不过你买的洗发水挺好用的，可香了。”

“嗯。”各种洗漱用品都是江彻买的，驱蚊液的味道最后也还是江彻做的决定，甚至连她刚刚擦在手臂上的身体乳，也都是江彻挑的——她闻着自己身上的味道，悄悄地红了脸。所幸乡下够黑而屋里的灯不够亮，没有人发现她此时的异样，“我也……我也挺喜欢那香味的。”

“你自己买的难道还能不喜欢这味儿吗？”另一个舍友打着哈欠的同时也伸了一个懒腰，“不过话又说回来，你到底在干什么呢，该不是在找信号要跟你那个哥哥还是叔叔什么的通电话吧？”

“才没……才没有呢。”光是这么不指名道姓地提了江彻一句，尤小槿的脸就已经更红了，“我就是……就是拍个照而已。好久都没有见到过这么多星星的夜空了，留个纪念。”

“那就好。”擦头发的舌头将湿答答的毛巾往椅背上一搭，“我说呀，你最好还是离那个人远一点。小槿，你听我的，比你大五岁以上的男人，准没有好东西。”

“为什么？”尤小槿一愣，不自觉地捏紧了手中的手机。

“这还问为什么？你真是小傻子。”

另一个舍友恨铁不成钢地插话进来：“你想想，人家事业有成又长得好看，简而言之就是要什么有什么了，跟你非亲非故的，为什么对你那么好啊？而且我一姐们儿说了，那些比我们大太多的男人我们在这个年纪压根掌控不了，想法啊、经验啊、社会地位啊，统统不对等。她是真的吃过亏的。起初还真的以为那男人只对她一个人温柔体贴又周到呢，结果——”

“结果这世上还有一万个你姐们儿跟他来往，是不是？”

女孩子们年轻又清脆的笑声轰地在这小房间内扩散开来，尤小槿低着头，踩着没扣好的凉鞋，逃一般地推开门跑了出去。外头月色如水蝉鸣不断，于是她就真的很想，打一个电话给江彻。

没有人接。

连着打了三个都没有人接。

这的确很反常，可尤小槿不想就这么放弃。她想，要是江彻在闹哄哄的酒吧里忙的话，接不到电话也属正常。于是她撇着嘴找了一块还算干净的石头坐了下来，有蚊子叮她，她就在那块又痒又鼓的包上掐上一个十字。终于，在掐到第五个十字的时候，江彻的信息点亮了屏幕。

怎么了？他发的信息向来很简洁。

尤小槿心一横，就直接拨了过去。而这次，江彻接得很快。

“喂……”尤小槿喂了一声之后就不知道说些什么了，江彻那边寂静得超乎她的想象。

“怎么样，你在那边好不好？”

“好啊，挺好的。”尤小槿握紧了自己的小拳头，正打算提一些开心或者有趣的话题时，就听到江彻那边传来了一个成熟且婉转的女声，她在问江彻，跟谁打电话呢？江彻说，一个小女孩。然后很快，这通隔着十万八千里的电话，就被江彻毫无征兆地挂断了。

尤小槿愣了愣，反应过来的时候她已经脱了凉鞋光脚站在石头上了，她仰着头，手臂也有些微微酸涩，但这些都不能阻止她要好好拍一拍星星和月亮的决心。

接着，她又点开了与江彻的微信对话框。上一条信息依旧是半小时前江彻问的“怎么了”。

尤小槿选了九张图，挨个点了原图发送，可乡下的信号到底是不怎么好，九张图上的加载符号一直转呀转，转了五分钟之后，直接变成了一个类似警告的小红点。

发送失败了，于是她觉得沮丧。尤小槿蹲下来，将脸埋在自个儿的膝盖间，哭了起来。

6. 一个小女孩，一个，我喜欢的小女孩

写生回来之后，江彻明显地感觉到尤小槿变了。

电话不接，信息不回，甚至去寝室楼下找人也总是无功而返。他一开始想的是，小姑娘生气了，但日子一长，江彻便推翻了这个想法，他认识的尤小槿，不是这么能一直憋着一股气跟人闹别扭的小姑娘。所以，她这是怎么了？江彻摸不准，但也舍不得上纲上线地去逼问。

直到他在酒吧里看到浓妆艳抹，穿着短裙和高跟鞋的尤小槿。

“尤小槿，今天晚上你应该在学校上你的专业课和英语课，你现在这是干什么？”

他想也没想就一把扣住她纤细的手腕，把她拖进了驻唱歌手平时用的休息室。

“我来……我来玩啊，喝酒啊。”尤小槿有些日子没看到江彻了，一看到他，她就有些鼻子发酸。

“有什么好玩的，你——”

江彻本想正儿八经地连带着自己先前受的冷落一块给尤小槿数落回去，但一看到她的脚背和好几个脚趾都被细带高跟鞋打出了水泡时，便于心不忍了。于是他叹了口气，示意尤小槿坐到沙发上去。

“想玩就玩吧，这毕竟是我的地方。”说着，他就从休息室的角落里找出了几张创可贴和一瓶新的卸妆水，“我是想问你，躲着不见我的这些日子，你都干什么去了？”

尤小槿丝毫不怯场地梗着脖子说道：“掩盖自己骄矜的人性去了。”

“什么？”江彻一下子没听明白。

“你教我的。”尤小槿定定地看着此时正给她脱掉高跟鞋并且给她粘上创可贴的江彻，因为他微垂着眸，所以她只能看到又长又黑的睫毛，“要征服你们这种疲惫的社会人士，就得变成饥饿的猫、淋湿的狗，怎么也赶不走的夏日昆虫……”

“说什么呢。”江彻抬起头，手掌却还握着尤小槿纤细的脚踝，“我那是为了逗你开心。”

“我知道。你就是逗我的，但我当真了。”

尤小槿红着眼眶吸了吸鼻子：“我就知道大我五岁以上的男人，都不是什么好东西。”

“哎……”江彻被眼下这一出闹得哭笑不得，莫名遭受到冷待的人明明是他，怎么这会儿反而是尤小槿这个小哭包看起来更加委屈，“你们当代大学生的脑子里，都在想些什么呢？行了，先把妆卸了，本来挺好看的，化得一塌糊涂。”

“不要。”虽然自己的小心思已经在江彻面前袒露得差不多了，但尤小槿还是非常硬气地摇头拒绝了卸妆这件事，“我化了两个半小时，很累的。”

“化了两个半小时就化成这样子？”江彻的笑意闷在嗓子里，

挠得他发痒，“闭上眼睛，把脸扬起来一点儿，我帮你卸了。假睫毛都快扎到你眼睛里去了。”

“嗯。”尤小槿闭着眼，但仍旧酸溜溜地鼓着脸颊，“连妆都会卸，肯定就是在别人那儿练会的。”

江彻手上的动作虽然生疏，却胜在温柔。

老实说，这妆容的确糟糕，但怎么看，都很可爱。

他想他大概知道小姑娘为什么要赌着气去掩盖什么骄矜的人性了，无非是她外出写生打给他的那一通电话而已。那天晚上他们家族聚餐，而他却跑出来接电话，正巧被去拿酒的姐姐给遇到，便满脸促狭地问了他一句——跟谁打电话呢？一个小女孩——一个我喜欢的小女孩。

“还有这儿呢。”尤小槿察觉到江彻的动作停了下来，便嘟了嘟嘴，示意口红还没有擦掉。

“好。”江彻笑得温柔，索性就着眼下的姿势托着小姑娘的红唇轻轻啄了一口，“还有这儿。”

小编有话说：

这篇文简直就是大叔控的福音！一直沉迷于这类型的大叔无法自拔，请给我来一卡车好吗！

啧啧啧，那满眼的温柔呀，我都要替女主害羞啦。

遥远的余生

文 / 笙歌

我长得不赖，
还会唱歌，
那我追你，
你会答应吗？

1. 很多东西今生只可给你，保守至永久

“路遥？”

“是，我是。”

“我来接你去参加同学会，车在你家出来的路口。等你来。”

“我不是……”

她还没来得及说完，那头就自顾自地结束了这场对话。

手机屏幕回归到电话来之前的页面，她快快地删掉了微信里准备发送出去的消息。

对于那个“你今晚有什么活动”的问题，重新打下回复：“我去参加同学会。”

想了想她决定追加一句：“有人来接，不好意思不去。”

同学会。

真是个让人提不起兴趣的名词。

正月初五的街道上，鳞次栉比的小红灯笼在晚风中摇曳，里面的节能灯日夜不歇地亮着，映在地面上的光芒连成一片，喜庆得像是一条平坦铺就的红地毯。

踩在这上面的路遥裹成了熊的样子，一摇一摆地走向停靠在路口的黑色奥迪车。等她靠近到足够车内人辨别清楚时，一个身影从驾驶座上下来，站在敞开的车门后。

“Hi？”

没错，路遥的招呼就是这么特别，突然上扬的尾音转变成莫名的疑问语气。这个滑稽的变化似乎取悦了来人。他笑得在风中颤抖，前额垂下的碎发都跟着抖动起来。

七年不见，盛一行的笑容似乎没什么变化，张扬但纯粹，让人讨厌不起来。

“看到我有这么惊喜吗？”

惊喜吗?

没见面的这几年，她还可以在他人口中听到关于他的只言片语。

离开他的第一年，别人说，盛家小孙子整天游手好闲，学校也不去，得亏他会投胎，要不然以后养活自己都成问题。

路遥脸色不变，笑着听一拨人八卦完，转而说别的话题。

离开他的第三年，又有人说，盛家那个小孙子不得了，现在出息了，拿了全国什么设计金奖，听说奖金就有上百万，还能代表国家出去比赛。

路遥仍旧安静，像是在听一个陌生人的事迹，只是笑容变得更加真实。

曾几何时，盛一行问过她：“你喜欢什么样的人？”

含着金汤匙出生，大概就是说的他。自小家境富饶，家人溺爱，所以他活得潇洒恣意。

说实话，盛一行能尊重但不会顾及别人的想法，他从来都以个人意志行事。所以，在看到这个问题时，路遥有点诧异。

她说：“我喜欢你啊。”

若干年后，如果有人再问这个问题，她可能会说，长得高，相貌过得去，有上进心就好。

可那时候，她喜欢的是他，也就说是他了。

盛一行根本不懂得掩饰自己的高兴，他咧着嘴，露出白花花的牙，假装为难：“胖哥说他要认真读书，以后才能赚钱养家。”

“然后呢？”路遥问。

“你等我几年。我玩好了，再收心养你。”

当初的话还言犹在耳，就算后来各奔东西。

“七年没见的人突然蹦出来，我能不惊讶吗？”路遥继续说，“我以为刚打电话给我的是嵇文敏。”

手机里的声音失了真，加上前段时间一直是嵇文敏追着她问去不去同学会。

她是怎么回答的来着？

“年后我大概会待在隔壁市，啊？你们开车去接我？别麻烦了。那到时候再说。”

“大年初五啊，我妈说那天是我家接待亲戚拜年的日子，可能不方便出来。”

“你们好好玩，我这段时间在吃药，不方便喝酒，就不去扫大家的兴了。”

她以为她找的理由多到已经足够把她不想去参加同学会的意图

表现得很明显，所以对于接到刚才的这通电话，她也有点意外。

手从口袋里抽出来，握住冰冷的车把手，拉开再合上，再眨眼，她已经坐进了车里。

“好久不见，不准备先跟我来个拥抱？”盛一行随后也重新坐进来，左手撑在方向盘上，回头望着路遥。

他的眼睛明明被掩埋在窗外路灯照不到的黑暗里，但路遥就是能笃定他现在的眼神是戏谑的、轻松的、带着笑意的。

“空间狭小，施展不开，您老还是先开车走起吧。”

他点头：“好嘞，领导，那您坐稳喽。”

2. 曾祈求与他车厢中可抵达未来

这句话容易给路遥造成一种时间上的错乱感。

似乎，七年前的那天从记忆长河里脱轨而出，翻过几个春秋，跨到她面前。

那个周末，盛一行偷偷把他爹的宝马车开出来，邀请一溜儿出来玩的朋友去兜风。然而，大家个个都惜命得很，不敢把下半辈子交在盛一行手上。

原本呼朋唤友的万丈豪情被打击得七零八落，盛一行眼中的亮光渐渐熄灭。那模样委实可怜，身为他小女朋友的路遥，也不知道是哪里来的不怕死精神，在心里给生养她十几年的父母磕了好几个头，眼一闭一睁，就坐上了那辆驾驶员根本没驾驶资格证的车。

这下，反倒是盛一行没了底气，在车外人的起哄声中认㞞："路遥，你乖，下去和他们待着。"

"凭什么啊？我要跟你去兜风。"

"别啊，你坐上来，我都不知道车钥匙插哪儿了。"

"那正好，我也只知道钥匙孔在哪儿，我帮你插。"

盛一行开始明白什么叫自作孽，他不敢轻易拿路遥的安全开玩笑，就算是已经偷偷无证驾驶半年的他也不行，于是，他只能耐心地劝她下车："路遥，听话，你下去。"

"你先想好。我现在下去，那接下来的一个月，你别想让我跟你说半句话。"路遥双手交叉环在胸前，睥睨着盛一行。

车窗外那群贪生怕死的狐朋狗友还在观望车内僵持不下的两个人。最终，盛一行扫了一眼不争气的好弟兄们，妥协地帮路遥再次检查了安全带，说："你就仗着我喜欢你是吧……好嘞，领导，那您坐稳喽。"

两边的风景缓慢地消失在往后倒退的视野里，对，很缓慢，说是龟速也不为过。

路遥彼时还不会开车，但多年后练科目二的第一天，她突然回想起这个下午，盛一行开的车速，也就跟挂个不踩油门的二挡差不多。

可即便就是这样子的龟速，也安抚不了路遥那紧张的心理。

"喂，盛一行。"

"领导，您先别分散我注意力，有什么话，咱等停车之后再说。"

于是，路遥没有宣之于口的细碎情感，后来她再也记不起要说给盛一行听。

直到有一天，她在听到五月天的一首歌时，才想起那年那天，她是真的想跟盛一行私奔到月球。

其实也不一定是月球。

他们呀，偏偏是在被人称之为早恋的时候，偷偷地牵手、拥抱、亲吻。

所以，在这个你家今晚偷偷吵了一架，明天满大街都能复述出斗嘴内容的小镇，路遥只想找一个没人知道盛一行是盛家小孙子，自己是路校长家女儿的地方。

和他一起，和其他普通小情侣一样，大方地出现在人前。

“盛一行。”

“嗯？”

“现在开车什么感觉？”

她想问，现在他载她还担心吗？

时隔多年，她只是单纯想知道这个答案而已。

“没当年㞞。”

那份胆战心惊深刻到如今他也能够轻易回想起。

他第一次知道，捧一个人在手心，还怕她会碎掉的惶恐到底是什么滋味。

“我原本对自己的车技很有自信，要不然也不会让人坐我的车。”

可你不一样。

你听过豌豆公主的故事吗?

说得矫情点，我曾经把你当作她。

就算四十层垫子下有一粒豌豆，我也害怕你会被伤到。

但现在，这些心情都没必要说给你听。

我知道它存在过就好。

3. 如何描述可感动到你

盛一行和路遥到达包厢时凑巧看到这一幕。

空气中弥漫着缥缈的硝烟味，女同学们作壁上观，男同学们分作两堆，一堆拦着一个人，看架势就明白是在干什么了。

在路遥看来，同学会主要用于吹牛、炫耀，或者给旧时缘分牵线搭桥，最后才有那么点联络感情的作用。

而现在，从前默默无闻的一位男同学，得意忘形到对在场的人吆五喝六，让其他人忍了又忍，还是想揍他。

所幸，一触即发的局面被“这大过年的”五个字，化解了。

“这大过年的，难得聚一起，别坏了气氛哈。”嵇文敏身为同学会发起人，站在中间拿着话筒，控制住局面后才走出来迎接路遥，“我就说嘛，让一行去接你，你肯定会来。”

音响里透出来的声音在每个人的耳蜗里穿堂而过，以至于在场的人看向她的目光都带着一丝深意。

似乎他们都相信，盛一行和路遥之间还保持着什么关系。

因为身为当事人之一的好朋友，说的话就是板上钉钉的事实。

跟在他身后一起出来的江如鹏用力拍在嵇文敏的肩膀上："咋咋呼呼个什么劲，路遥和你没这么熟。"

"怎么不熟？路遥做了我两年的……"

"弟妹"两个字因为盛一行不赞同的眼神而被他囫囵吞下去。

路遥当作什么都没有听到，和其他同学打完招呼就溜到包厢二楼隔出来的小房间里。

到底多年不见，就算以前玩得好，现在也都已经生疏到寒暄完就无话可说。

她一个人乐得自在，跪坐在沙发上倚着栅栏往楼下看，有人拿着话筒，在变幻的灯光下面，撕心裂肺地唱着发音不准音调不对的粤语歌。

路遥皱着眉，下意识地在那圈座位上寻找人影，这首歌该他来唱才好听。

脚步声适时地响起，一声一声地从木楼梯一直蔓延到身后。

她回过头，二楼并没有开灯，借着楼下的光才看得清楚来人的身影。

盛一行端着一碗馄饨，放在茶几上后，又多走两步，打开沙发旁的落地台灯。

"小江哥怕你饿着，给你点了夜宵。"他就近坐在三人座沙发的另外一边，手伸出栅栏跟下面的江如鹏打招呼。

楼下的江如鹏拿着酒，注意到楼上的动静，并没有理会盛一行，反而冲她招招手。

路遥笑，努力用口型道了谢。

这拨人从以前开始，就很会照顾别人。

虽然不饿，但她也转身端正坐好，喝了一口汤，她扭头对身边的人说：“谢谢啊！”

没放味精、没加香菜、没加葱，还多舀了几勺醋进去。

江如鹏还不至于细心得把她吃馄饨的喜好记到现在。

盛一行早就因为江如鹏的冷落，而懒散地瘫坐在沙发上，托着腮，姿态有点随意。

他半眯着眼睛，嘴角弯到一个好看的弧度，理直气壮地说：“客气什么。以前我是个优秀的男朋友，现在我也是个优秀的前任啊。”

他历来都这样，直来直往，坦荡得让人无可奈何。

“你还真会往自己脸上贴金。”

“一般一般。”盛一行不在乎地摆摆手，“不过，你这么挑的毛病还没好？”

“你管我。”

“也对，女孩子要挑一点才好。”

路遥没回话，低头吃着馄饨。

楼下的那首粤语歌突然被切掉，然后又重放了一次。

路遥好奇地想去看楼下，被盛一行教训：“吃饭认真点，待会儿要冷了。”

她接受批评，可因为实在不想再次忍受一遍鬼哭狼嚎，耳朵还是时刻注意楼下的动静。

嵇文敏拿着话筒，号召难得聚得这么齐的大家一起举个杯，于是底下再也没人分神去拿话筒。

而盛一行一下子兴奋地坐起来，移到路遥身边的位置，眼神带着玩游戏赢了的那种得意，就着楼下的伴奏，轻轻地在这片光线昏沉的地方唱了一遍。

如何能让我触动你，
如何描述可感动到你。

路遥没有回头看此时的盛一行会有多迷人。

因为放在一旁的手机亮起了屏幕，他们都看到了屏幕上蹦出来的微信。

她拿起手机回复来自国外的关心：“晚上我不会待太久，别担心，我会早点回家的。”

4. 谁拦截都挡不住，我在靠近你

这首歌还是没唱完。

盛一行的手机响了，他瞥了眼屏幕，神色温柔地留下一句“我去接个电话”，就下楼走出了包厢。

碗里的馄饨开始变凉，路遥把碗往里推了推，并没有选择虐待自己的胃。

江如鹏终于从楼下抽身上来，他拉了一把椅子，坐在路遥对面。

“馄饨好吃吗？”

“还不错，谢谢你。”

“盛一行给你唱歌了吧？”

路遥点点头。

“刚才楼下一开始鬼哭狼嚎的，盛一行就说完了，他的成名曲被毁了。我说我们这里除了你没人喜欢听这首歌，就让盛一行赶紧上来友情献唱一回，怎么也不能让那傻小子毁了这首歌。”

“啧，小江哥，我一想到你人这么好还没找到女朋友，我就替你心疼。”

“路遥，你这是在扎我心呢。”

这个话题止于江如鹏的心如刀割。

说是成名曲，其实是玩笑话。

不过高一迎新晚会，盛一行正式在全校面前亮相时，唱的就是这首歌。

人长得好看，歌也唱得好听，以至于台下的女生抛开矜持，不管不顾地大着胆子一起喊着：“盛一行，我喜欢你。”

大概是被气氛感染，路遥也跟着她们向盛一行表了个白，完全忘记了第一排坐着的校领导里，还有她家一丝不苟的路校长。

盛一行呢，从小天不怕地不怕，在台上游刃有余，学着电视里的天王巨星，像模像样地挥着手和台下的观众互动，还特地把话筒朝高一九班的方向伸了伸，掀起一个小巨浪。

人都会有那么点虚荣心吧。

反正当时的路遥，作为新兴校园明星的同班同学，就是这么点可以和他沾上边的关系，她都觉得荣幸。

盛一行属于高一九班，高一九班由路遥和其他三十九个人组成，那是不是约等于，盛一行属于路遥？

但后来，不需要这种强凹逻辑的等式，盛一行和路遥的名字牵扯了两年。

晚会还没结束，班长嵇文敏就让路遥先去复印正式的课表，她回来后人手一份。

他送路遥离开多功能厅，看着外面黑不溜秋的夜色，非常浮夸地说："哎呀，天都这么黑了，你等等，我找个人陪你一起。"

于是就顺手找来了刚下舞台的盛一行。

"路遥，我刚才唱得好听吗？"盛一行倒着走在前头，双手插兜，看着路遥。

"你这样走挺危险的。"

盛一行笑了笑并没有理会，歪头继续问："你觉得好听吗？"

"很好听。"

凉凉的晚风迎面拂来，路遥恍惚地觉得这个远处还传来闹哄哄音乐声的夜晚，很温情。

前面的人路过一个路灯投下的圆形光圈，又融在黑暗中，等他再次站在路灯底下时，他突然说："我在台上听到，你说你喜欢我。"

路遥收回自己立马进入光圈的脚，滚烫的脸这才没有暴露于人前，她张口狡辩："我就是随口跟个风。"

"我不管，反正我就听到你说了。"

盛一行停下脚步，逆着光，带着一种让她无处可逃的气势，回到路遥面前："我长得不赖，还会唱歌，那我追你你答应吗？"

青少年时期荷尔蒙萌动，她也被告白过几次。

但那都是写在纸上，这么被当面表白还是第一次。

那一刻，路遥在想，该用什么表情什么语言去回复，才是最恰当的。

没经验的她，愣了很久都没有反应过来。

兴许是等得久了，盛一行又说了一句前言不搭后语的话："我的耳朵发炎了。"

路遥眨巴眼，不太懂这句话的意思。

"因为耳机戴得太久了。"他公然卖惨，"路遥，你喜欢听粤语歌，所以我一字一句地跟着学。我想学好，唱给你听。"

路遥想她是喜欢盛一行的。

虽然喜欢得很肤浅很直白，就是因为他帅气，他有心，他会唱粤语歌。

可这是个契机，能把两个认识没多久的人牵扯到一起，度过两年时光。

"他女朋友来查岗了。"

江如鹏想了想，还是选择开口。

路遥知道这句话是提醒她，抬起头时，眼底没有掀起一丝波澜：“谁让你们这些单身狗说不许带家属的。”

“让带的话，你倒是带一个啊。”

“他回国后我请你出来吃饭。”

得到自己想要的答案，江如鹏似乎放下心来：“作为娘家人问一句，他对你好吗？”

路遥眼睛里终于透出一丝笑意，她说：“好啊。”

后来的很长一段时间，她依旧没什么安全感。

不依赖，不喜欢，不相信永远。

连想念都不知道脑海里应该浮现谁的身影。

而今，出现一个人，让她拼尽勇气去试一试。

5. 旧回忆一刀未剪，轮回着上演

晚上十点半，不参加晚场活动的人，已经开始散场。躲在二楼一晚上的路遥，也重新坐在了奥迪车的后座上，同行的还有嵇文敏和江如鹏。

嵇文敏依旧是话多的风格，埋头在手机上飞速地打字，在微信群里，一大段一大段地总结这次的同学会开得多成功，感谢各位同学能够卖给他面子。

车厢内一时之间静寂无声，直到嵇文敏在群里贴出这次聚会拍的照片，以及高一集体照。

稽文敏把路遥当自己人，对于她没出现在聚会照片里有点不开心，说："路遥，让你早点来你偏不，这次合照都没你。"

"那你把我 P 上去。"

路遥对集体照兴致缺缺，漫不经心地回答了稽文敏，然后又继续跟电话那头的人聊天。直到发现时差问题，让那头的人早点去睡，她才结束对话，点开集体照。

每一次的大合照都是黑历史，于是当初拿到这张集体照之后，她只是瞟了一眼就夹进了相册。

后来一整本相册都弄丢了，这张合照也早就被她遗忘在脑后。

路遥放大图片，来回找了半天，死活没发现自己在哪里。

"哎，我怎么在高一合照里面没找着我自己啊？"

稽文敏闻言，凑过来一起找："你以前不是齐刘海吗，找找照片里的齐刘海。"

"那时候流行齐刘海，我们班基本上所有女生全都是好吗？"

"第二排，从左数，第四个。"

专心开车的盛一行，听完这段没营养的对话，终于忍不住趁着等红灯的时间，点出了她的位置。

后视镜里的他，脸上挂着无奈的微笑。

她的心里不服气，没有立刻低头照着他说的去找，接下来的这句话根本没经过大脑，一下子脱口而出："你怎么记得这么清楚？"

问出口，她才觉得这个问题有点让人尴尬，但又收不回来，索性大大方方地等答案。

“说了我是一个优秀的前任。你这么问，我会害羞的。”

盛一行目视前方，回答得滴水不漏，另外两个人也一脸的讳莫如深。

以前，盛一行的房间里有一面照片墙，贴满了路遥从小到大的照片，每张照片旁边都配着他的一张单人照。

这是江如鹏去他家玩，阴错阳差地进了他的卧室才发现的。只是来不及一一看过去，他就被盛一行赶出来了。

江如鹏嘲笑过盛一行的痴汉行为，但后者一脸骄傲。

这些全靠他胆大心细眼疾手快才拿到手的。

路校长是数学老师，盛一行偶尔会带着他崭新的数学习题册去路家“不耻下问”。

去的频率不能太高，进门之后不能左顾右盼，否则容易被路校长发现他的司马昭之心。

有一次他无意间在路家书房里看到路遥的相册，于是趁着路校长没发现，他就偷偷装进了书包。

原本想跟路遥说一声，只是后来这件事情跟“路遥要转学”比起来太微不足道，他完全没有空闲的思绪去报备。

路遥转学之后，盛一行的房间就再也不让任何人进去了。

直到四年后，他房间里的所有照片都消失，江如鹏才知道，他是走出来了。

路遥并没有注意到其他三人的表情，她被合照上的自己吓了一跳："我的天，我以前长这么丑？"

"岁月是把杀猪刀啊！"副驾上的江如鹏赶紧接话。

嵇文敏翻白眼："会不会说话！遥遥是女大十八变，越变越好看。活该你单身。"

路遥关掉微信，不想再多看一眼："我丑到连自己都找不出我在哪儿……"

似乎是觉得路遥深受打击，盛一行作为优秀的前任继续开口安慰："不丑啊，我的眼光，从来没差过。"

路遥从后视镜里再次确认，他说这句话是真心的。

有那么一瞬间，她突然想感谢当初肤浅的自己。

在那个还不懂得爱的年纪，第一次跌跌撞撞喜欢上的人，是盛一行。

6. 我甚至真心真意地祝福，永恒在你的身上先发生

"你初十还在家吗？"

"怎么？"

"我订婚。"

路遥关上车门，盛一行也下了车，两个人隔着车身相视一笑。他们似乎都还是彼此脑海中的模样，与七年前的记忆重叠。

路遥盘算好自己开年的工作，说："本来不在的，但是为了你的订婚宴，可以请个假。"

盛一行勾勾嘴角："面子这么大，真是不好意思。"

"因为我也想做个优秀的前任啊。"她俏皮地活学活用。

"那你准备好礼金。"

"不是结婚的时候才给的吗？"

"所以让你先准备着啊。"

空无一人的街道上小红灯笼随风摇曳，这个宁静甜美的氛围很适合说点好消息。

于是，路遥咬了下嘴唇，透出口风："那你也准备一份吧，包得多一点。"

这个消息让他很开心，脸上的笑容更真切了。

"好，你要幸福。"

"你也是。"

路遥挥挥手，转身准备进屋。

"路遥。"盛一行在身后叫住了她。

"嗯？"

"友谊地久天长地拥抱下吧。"

从来没有一个人把形容词说得这么可爱。

路遥没说话，干脆地张开双手，等着他过来。

于是，盛一行带着凛冽的冷风和好闻的清香而来，把她轻轻地拥住。

"谢谢你。"

"我也谢谢你。"

他们的分开和开始一样，并没有多惊天动地。

距离远了，时间久了，生命里的交集越来越少。

而当时的盛一行和路遥，并没有足够成熟到去很好地解决这些问题。

在发现没有对方在身边也一样过得很好之后，她首先说出了分手，而盛一行也接受了。

现在，对于他们来说，是最好的结局。

当知道对方有一个可以共度余生的人，可以微笑着为他们祝福。

我不回首，你也没留念，那段往事被留在抹不掉的时光里。

可能因为岁月加持，多了一道被美化的柔光。

但是，彼此感恩，那一小段共同拥有的回忆他们现在想起来都觉得开心。

那么，请你要幸福。

小编有话说：

笙歌的这个故事，是这本小甜文集里很特别的一篇，因为男女主角最后并没有在一起。可是也正是因为那个人曾经的存在，让我们感恩一段岁月，也不遗憾曾用力地爱过。

初禾
来日方长

文 / 晏生

他只此一份赤诚热忱，
只在年少时给了一人，
就再也收不回。

楔子

“见她一面很难？”

“其实也不难，有钱就成。”

“多少钱？”

“只拥抱的话，一个小时五百人民币，这价格对你来说也不算什么吧？”

“好。”停在咖啡杯沿上的手指转了转，雨水滴打在透明的玻璃窗上，像眼泪一样流下来，他道，“那麻烦你帮我约她。”

1

近来几个月，余夏不愁钱花，生活滋润。

她给自己添置了几套冬衣，在淘宝上网购了零食和各种保暖设备，准备窝在屋子里好好过一个冬，暂时闭关不做生意。

在她闭关的第一天，小 K 这个杀千刀的找上了门，信誓旦旦地保证：“就这最后一单！对方出价很高！送上门的钱难道你不要吗？抱他一个小时就好了呀！”

余夏是个拥抱师。

是的，拥抱师，这种职业率先在美国兴起，和客户拥抱，带给他们如亲人朋友般的温暖，予人以心灵上的慰藉。

其实，她就是个骗子，自称留美归来，并在纽约有过两年的工作经验。又因为她确实了解一些心理方面的知识，开导起人来一套一套的，多半能够把对方忽悠过去。小 K 对外宣称是她的助理，实际上，就是帮她介绍客户的中间人。

余夏从被窝里爬出来穿衣服洗漱，满口泡沫，含混不清地感慨："看来最近大家的压力很大啊，需要减负……"来找余夏的多是精英白领，经济状况良好，但是精神压力大的人，被生活压迫而情感压抑。

小 K 说："这样不更好？你才能财源广进。"

镜子里那张美人脸笑了笑，远山眉如黛。她化上淡妆，颜色素雅的棉麻衣裙，给人一种舒适宁静、温暖又动人的视觉效果。

君赠我钱财，我予君怀抱。

2

距约定的时间已经过去半个小时，对方还没有到，余夏决定最多再等半个小时。

冬末的天气不错，空气里浮动着梅花香，飞机在蔚蓝的天幕上留下白色的尾烟，高架桥上车子堵成长龙。

李知寒看了眼腕表，知道时间已经来不及了。

他赶过去，拉开那扇厚重的木门，余夏还在，谢天谢地。

"抱歉，路上堵车，我迟到了。"

余夏回过头看着眼前的男人，大脑神经有些麻痹，她的第一反应是逃跑，就像杀人犯看到警察时的那种心理。

但她很快镇定下来，露出微笑。

十年过去，他认不认得出她，都是个未知数，她又何必先自乱阵脚。

“你好，我叫余夏，多余的余，盛夏的夏。”

这间工作室是小 K 提供的，米白色为主，四处都有绿植和鲜花点缀，格调温暖，是个容易让人放松的地方。

“我该怎么做？”李知寒问。

“放松，”余夏说，“双手自然地搭在我的肩膀或者腰间。”

冬日清浅的阳光从窗口漫进来，铺展在榻榻米上，空气里流动着舒缓的音乐。李知寒躺下来，面前的人近在咫尺，与他呼吸相闻。他轻缓地揽住她，如同最亲密无间的情侣。

李知寒闻到阳光的味道、花香和她头发上像雪松一样的味道。李知寒慢慢加深了这个拥抱，余夏彻底地陷入他怀里。

不知从哪一秒开始，柔和的动作变成了桎梏。

“你抱得太紧了。”余夏察觉到不对劲。

她挣扎的动作被李知寒轻易化解。

“叶初禾——”

余夏从他嘴里听到这个名字，心里的侥幸荡然无存。十年过去了，即便她化成灰，他也认得出。

3

余夏曾经用叶初禾这个名字生活过十五年。

她的父母是摄影师，喜欢走南闯北，叶初禾对搬家已经习以为常了。直到她升入高中那段时间，父母才决定过一段安稳的生活。

他们一家三口选择在霖市定居，和李知寒一家成了邻居。

那个时候的叶初禾最佩服的人就是李知寒。他是父母口中“别人家的孩子”，自信、聪明、成绩优异，他人缘好，一招手就能呼朋唤友。

两家家长关系很好，连带着孩子似乎也要玩到一块儿去。李爸爸嘱咐李知寒多照顾叶初禾，他盘腿坐在沙发上翻看杂志，可有可无地点头。

叶初禾初来乍到，方向感也不好，迷路是常有的事。李知寒便和她一起上下学，一起搭公交车。他们之间的交流不多，相互无话可说。

即便如此，他们俩这样的组合也足够引人注目。

连纪媛都忍不住跑过来问李知寒：“你和叶初禾什么关系呀？”

纪媛是李知寒的绯闻女友，他们兴趣相投，同是数学奥赛组的，平时也走得比较近。连叶初禾也觉得，李知寒大概喜欢像纪媛那样的女生。

纪媛来堵人，质问李知寒和叶初禾的关系。叶初禾先㞞了，背着书包想撤：“你们聊，我先走了。”

或许是害怕听到李知寒的答案，那天她一个人回了家。

直到学期期末，学校组织出游，叶初禾和纪媛偶然被分配住在同一个房间。纪媛问她：“你知道那天你走了之后，李知寒说了什么吗？”

叶初禾好奇，却不敢问，一颗心乱跳。

她暗恋李知寒，从搬到霖市的第一天起。她跟父母说，留在这里再也不想走，是因为这里有她喜欢的人。

纪媛凑近她耳边：“他说——你是个负担。”

叶初禾因为这句话在夜里辗转反侧，再也睡不着，接近十一点了，还跑出房间去看月亮。盛夏时节，高远的夜空繁星点点，迎面刮来潮湿的海风。

她独自躲在暗处隐忍地哭泣。

也有想过或许只是纪媛的恶作剧，李知寒根本没有说过那些话，但难过的情绪还是铺天盖地而来。她想起和李知寒相处的时光，他对她近乎冷漠的态度，此时此刻，一帧帧画面足以把一个十五岁的女孩击溃。

她沉浸在自己的情绪中无法自拔，隐约听到不远处的喧闹，抬头一看：宾馆失火了！

所有学生在外面的大坪里集合，老师清点人数，场面混乱不堪。李知寒冲到面前，问叶初禾：“纪媛呢？”

叶初禾被他吼得脑袋一蒙，只知道摇头。

“你不是跟她一个房间吗？你自己跑出来了，那她呢？！”

叶初禾一辈子都忘不了那时候李知寒看她的眼神，像一根刺扎进她心底最隐秘的角落，后来随着她暗恋他的往事一并被尘封。

那晚，一共有五名学生在那场大火中死亡，纪媛是其中之一。

叶初禾一家迅速搬离了霖市。叶家父母不知道女儿遭受了什么，只是见她不愿意再待下去，便收拾东西带她离开，走得干干净净。

叶初禾到了新环境，继续新生活，连名字都换了，跟随母亲姓。十年过去，她以为自己忘了，却又被李知寒逮了个正着。

4

“你是不是遗憾，活下来的人是我？”

叶初禾吸了口烟，脸上不再有笑，拥抱师的伪装脱去之后只有一个疲惫的灵魂。她所有的温情都给了别人，却无法拥抱自己。

李知寒背对着窗口，阳光在他的发梢上晕开。他喝了一口茶，压下翻涌不止的情绪，只有他自己知道自己有多紧张和小心翼翼。

纪媛曾经问李知寒：“你和叶初禾什么关系呀？”记得那天的夕阳很好，挂在天边，像一个大橘子，李知寒说：“我好像有点喜欢她。”

跟在自己身后像影子一样的叶初禾，沉默地陪伴他的叶初禾，在教室外走廊上等他的叶初禾，跟他说话时有些小心翼翼的叶初禾……他好像有点喜欢她。

却伤害了她。

大火发生时，李知寒一直在人群里找叶初禾和纪媛。

他终于看到她平安，却没有发现纪媛的身影，情急之下追问纪媛的下落。

等叶初禾消失，李知寒如梦初醒，他甚至不知道自己到底说了什么。一句质问，就给叶初禾定了罪。

李知寒找叶初禾十年，只想告诉她一句——对不起，那不是你的错。当初他本应该安慰她，拉她出深渊，却带给她一个难以承受的梦魇，让她对纪媛的死耿耿于怀。

见李知寒一直不说话，叶初禾问：“你想干吗？”她像在认真地看着插在瓶中的梅花枝，又好像什么也没有看，“抓我去警察局吗？我一没杀人，二没放火。”

“我支付了五个小时的费用，时间还没到。”李知寒说。

“什么？”叶初禾手一颤，指间的烟灰掉下来。

“李知寒，你究竟是来干什么的？”

“给你拥抱。”

他只此一份赤诚热忱，只在年少时给了一人，就再也收不回。她在他生命中短暂地停留过，又迅速离开，到头来放不下的却是他。

叶初禾落进一个怀抱里，淡淡沙哑的声音从头顶传来：“我来——给你拥抱。”

窗外冬日已尽。

他说：“初禾，我们来日方长。”

小编有话说：

每次看完晏生的文字，都会萌生一种淡淡的欢喜与甜蜜。脑海里一直循环一句歌词“爱，终究是来日方长的秘密”，愿有一个人，跨过万水千山来给你拥抱，对你说：“我们来日方长。”

年年岁岁李周木

文 / 打伞的蘑菇

一直没有变的，
是从始至终就那么一个女孩，
在他眼里也在他心里，在他身边不离不弃。

1. 问题学生李周木

年深深终于听到身边人说起李周木的名字，是跟“问题学生”连在一起的——问题学生李周木。

高中毕业十年后的同学聚会上，有人忽然问：“你还记得之前我们班里的那个问题学生吗，就那个仗着自己长得不错、背景很硬就很成问题的问题学生李周木？”

“问题学生？”年深深可不知道当时的李周木还有这样一个头衔。

“为什么是问题学生？”

老同学沉思良久：“反正就有这么一个印象，既然是问题学生，就应该是……不学无术？打架斗殴？拉帮结派？”

他闭着眼睛胡乱猜测着，忽然想起什么来，眼睛有多大瞪多大，说：“我的妈啊，他那个时候是不是还追过你啊！”

周围同学听到动静围上来，你一言我一语地说：“什么你的妈，这么大的事你忘了就算了还你的妈。”

“都妄图找深深谈恋爱，妄图耽误深深学习，这还不是问题学生啊？！”

“可是他应该没有耽误深深学习吧？”有人说，“人家深深是那一年的高考状元，别是被耽误出来了一个状元吧。”

大家讨论得热闹，年深深也就看着他们，忽然笑起来。

李周木和年深深算是文华高中四大人物之二。

那个时候年深深成绩好、品行好，位居三好学生榜首。而李周木学习渣、品行差，霸占通报批评榜前三。

两人的名字第一次并排出现在一起，就是这么两个榜单的第一位了。

年深深，李周木。

后来就是座次表的前后桌——深深在前面，李周木在后面。

起源于李周木跟老师乱扯，他说："老师，我忽然想学习了。您就让我坐全班第二名后面，我天天向她看齐，争做学习标兵。"

宁信猪上树，不信李周木。

不过班主任还不明白这一点，刚好那次考试年深深发挥不稳定，位居全班第二。于是班主任语重心长，用跟嫁女儿一样的语气，说："深深啊，李周木就交给你了啊。"

年深深看着校服搭在胳膊上的李周木，可以说是非常绝望了。

不过李周木并不这么觉得，他十分开心，还帅气地眨了眨眼，说："喂，你别是故意考第二名，想拯救问题学生吧？"

年深深一口气差点背过去，说："我闲得慌？"

"不然你天天考第一，刚好这一次就第二了？"

"那你为什么不找全班第一，我看她是挺想辅导你的。"深深语气不善，眼神更是透出非常赤裸的敌意了。

可是李周木毫无自知之明，说："根据总和相等原理，全班第一留给倒数二，倒数第一才配得上全班第二。"

哪来的歪理?

年深深不搭理李周木的时候，他倒也安静。

不过好景不长，李周木安静了三天，三天之后开始在后面扯年深深的头发，说：“年深深。”

年深深不理，他就踢凳子，说：“深深？”

深深也不理，他就拿笔戳人背，说：“年年。”

深深烦死了，转过头来：“你想干什么？”

“想学习。”李周木义正词严，“老师说把我交给你了。我天天控制不住自己上课睡觉，可以说是跌进深渊了，希望你能协助我一下，让我突飞猛进重整人生。”

做梦吧。深深深呼一口气，说：“那你先好好喊我成吗？”

“成！”李周木举着一道英语完形填空题，“年同志，我想请问这道题……”语气宛如八十年代的抗战片。

他话还没说完，深深立马转回身，留给他一个背影。

为什么啊？李周木很蒙，喊同志不正确，总不能喊小姐或者姑娘吧。想了好几个称呼，于是他说：“这位女士？这位公民？总不至于叫这位人类吧？”

后来终于不闹了，他说：“年深深。”

年深深回过头，没来得及开口，李周木忽然笑起来，十几岁的少年，明朗的眉眼，一口瓷白的牙，说：“年深深，你怎么这么可爱？”

窗外班主任的目光宛如夜里的猫，声音吓断了好几个同学的铅笔芯——“李周木，你给我来办公室！”

2. 失足少年李周木

有同学又回忆起什么，说："好像也没有特别有问题的学生吧，我记得他后来好像学习成绩还不错啊。"

"是吗？"大家迷迷糊糊的，看向年深深。

深深喝了点橙汁润了润喉咙，忽然想起什么来，说："啊，我记起来了，不是问题学生，是失足少年。"

大家莫名其妙地看向年深深，这姑娘的反射弧别是有三米长吧，怎么就跟大家脱节了呢？

李周木有一句话，叫办公室是他家，没事去喝茶，有事来找碴。

班主任大概是第三百次叫他去办公室，说："你怎么就这么拧巴呢？你看看你成绩，英语考几分，十四分？你闭着眼睛全选 C 也不至于考十四分吧。"

李周木说："老师您别跟我客气了，您上次让我闭着眼睛全选 A，我就考了十二分，我觉得您的教育方针有问题。"

班主任气死了，说："行行行，我的错。"说完继续嘀咕，"人家偏科叫瘸腿，你可以说是断了一条腿。"

"要不大家怎么夸我是失足少年呢？"

班主任没辙了，叹气："你没事让年深深多教教你英语，她这门课可以说是腿长八米了。"

回到教室后李周木看了眼年深深，她的笔还停在他去办公室之前做的那一道选择题上，总不会是难住了吧。

他忽然很想笑。

果然，坐下来没多大一会儿，年深深畏畏缩缩地扔过来一张纸，问，老师没骂你吧？

“还好吧。”李周木在纸上写，“他说你的物理有点瘸腿，而我的英语可以说是断了一条腿。”

年深深看着纸上龙飞凤舞的一排字，忽然捂着嘴笑起来。李周木愣了愣，觉得写字条太麻烦了，又拿笔戳人，说：“年深深。”

年深深极其无奈地靠到桌子上，示意他说。李周木却不说了，就这样看着她耳侧的头发、鱼尾一样的眼角，还有柔软的下颌。

他说：“年深深，我有一个请求。”

“嗯。”

少年声音沉哑，有温暖的气息：“你能不能当我的……”

下课铃声忽然响起来，一小节拍《雨的印记》。周围的同学渐渐从题海里上岸，借着十分钟的时间放飞自己。

年深深回过头，视线相遇，他的眼睛干净又好看。

年深深觉得自己的心跳好像停了一下，然后仿若擂鼓，她等了半天，说：“你说啊。”

李周木说：“你能不能当我的义肢啊？”

“老师说我腿断了，又不是什么大事，装条义肢就好了啊！”

年深深看了他许久，准确一点说是瞪了他许久。然后她忽然站起来，拖动凳子的声音巨大无比，腿好像还撞桌子了，气冲冲地往外走。

李周木叫她：“你去哪儿啊？”

“上厕所！”

李周木看着她晃动的发梢笑起来，年深深曾经批评他，说，你怎么总是虎作作的？现在看来，少年都是虎作作的，少女都是气呼呼的。

3. 学习标兵李周木

桌上空空的酒瓶子东倒西歪，越积越多。

有人醉醺醺地举手发言：“老师，我想起来了！李周木成绩好完全是靠着深深上位的！青出于蓝而胜于蓝，他有次考试超过了深深，还大放厥词说高考也要甩深深一个本。”

年深深明明没喝酒，这会儿却有些头疼了，什么叫上位？什么又叫青出于蓝而胜于蓝啊？她的同学们为什么用词总是这么放飞？

后来李周木的成绩的确好了点。

毕竟能考上这所高中跟年深深在一个尖子班，成绩再差也是有点底子，稍稍加把劲儿就能甩平行班好几个一百分了。

这是李周木的原话，所以后来英语上了六十分他就有些膨胀了，趴在桌子上问年深深：“怎么样，我是不是班级的瑰宝，潜藏的黑马？”

年深深正在做题，低着头皱着眉，笔尖画过草稿纸的声音沙沙作响，似乎响进了李周木的心里，他觉得心头痒痒的。

深深随口说：“什么黑马，就剩三个月高考了，你这是亡羊补牢。”

“对啊，哪怕我死了，都会把屋子修好，不让野狼吃掉你。”李周木的声音慢悠悠地从后面传来。

深深停下笔，回过头，问：“你在说什么？”

“亡羊补牢啊。”

“等一等，你到底知不知道什么叫亡羊补牢？”

“知道，羊即便死了都要补好栅栏保护活着的羊嘛！”李周木故意逗深深，“就跟那个‘化作春泥更护花’一个意思，你知道吧，像我这种会用一个词解释另外一个词的人，就是很有文化底蕴的人。对了，你知道什么叫‘化作春泥更护花’吗？”

深深没心情做题了，说：“文化底蕴？我泱泱大国五千年文化怎么培养出来你这么个玩意儿？”

李周木眨了眨眼，说：“哪用五千年文化培养啊，我就是我爸培养的，你别夸他，你一夸他就膨胀，一膨胀就引我为傲，我不好意思。”

深深无言以对了，说不过李周木，回头扎进学海里。

李周木在后面笑起来，说：“深深，你也太可爱了点吧！”

“你别叫我深深。”深深看起来是被气死了，不愿意转过来。

李周木拉拉扯扯半天，最后拿出了撒手锏：“深深，这道题我不会你给我讲题啊。”

深深被喊烦了，回过头看了一眼：“我也不会！”

“那我给你讲。”

年深深愣了一下，悄悄瞥了眼自己试卷上已经写好的答案，然后拿草稿纸盖上，转过身来，说：“你讲吧。”

李周木讲题的样子很认真，收回了一贯的痞气，握着笔的手骨节分明，笔尖下的字也很好看，声音沉沉的。

年深深稍稍抬眼就能看见他双眼皮上的痣和半垂的睫毛。

“懂了吗？”

年深深被吓了一跳，咬着内唇，点头：“嗯。”

“以后你要是遇到不会的题目就圈出来，我给你讲。别跟驴一样非得撞到墙上啊。”李周木说。

年深深“嗯嗯嗯”地应着，转过身去。不知道是夏天的教室太热，还是头顶的电风扇太聒噪，她耳根有点红红的。

而试卷上她写好的答案和李周木的答案是同一个数字——52N。

不过从那之后李周木上课睡觉的频率更高了，而年深深圈出来的题目也越来越多了，还动不动就拿胳膊肘捅李周木的桌子。

李周木刚睡醒，睡眼惺忪的，说：“你这么多道题都不会，你怎么上清华啊？”

年深深想起昨天晚上自己好不容易做完题目，又擦掉答案小心翼翼圈出题目的样子，心想这人可真不识好歹，有点气，说：“谁说我上清华了？”

“我猜的。”李周木说，“所以我也要上清华。”

深深愣了一下，心跳有点加速，嘀咕着问：“知道自己要跟我考清华你还天天上课睡觉？”

“这不是忙吗？”李周木漫不经心。

“忙什么？”

李周木正在给深深写解题思路，抬起头来，手上却没停，说：“游泳。”

“游泳？”

学海遨游。李周木笑起来，拿着笔杆拨乱年深深的刘海，看她气急败坏瞪着自己。

为了能好好地不出错地给小姑娘讲题，李周木特地在网上买了好几节网课，每天在学海里边儿畅游无极限。

不过这件事深深是很久以后才知道的，就像李周木也是很久以后才知道，年深深那个时候其实很少会有真的不会做的题。

4. 我的先生，李周木

不知道是谁号了一嗓子，又让人给送酒进来。稍微理智点的人拦住他，说：“行了行了，别喝了，这里酒贵到我心绞痛，您少喝点。”

“怕什么，我们聚会是有人请客的啊！让我们吃好喝好。”

“可以可以，那我们继续喝，喝到忘我。”

那边一堆人东倒西歪，这边一堆人还在围剿年深深，有人问：“那李周木追年深深，追到没有啊？”

“肯定没有啊。”不知道是谁替年深深回答了。

深深就没说话。他们继续七嘴八舌，说：“就高考一个月的时候李周木不是没来学校了吗？我听说是他们家出了问题，反正你们想得到吧，就是那种贵族少爷家里都会遇到的问题。”

年深深扑哧一声，笑了出来。

李周木走得的确是很突然的。

那个时候已经是流言满天飞，连食堂大妈都会问，李周木是不是在追年深深啊？不然为什么成绩突飞猛进不说，以前天天在学校各个角落浪天浪地，现在整天窝在教室里埋头学习。

别是被爱情冲昏了头脑吧。

李周木倒是坦荡，对着外人笑笑不说话，说："打扰人学习我揍你。"

不让别人打扰他净去打扰了，晚自习踢年深深的凳子，撑着头漫不经心的语气，说："深深，他们说的你知道吧，说我追你呢。"

"我觉得他们的感觉很敏锐。"

年深深回过头来瞪他，脸都气红了。李周木就举手投降，说："我的意思是，成绩和名次上，我一定会追上你。被我追你得有危机意识，指不定我考得比你好，所以你更得加把劲学习。"

年深深觉得呼吸热热的，不肯回过头来，李周木就在后面笑着，笑了很久，说："可是深深，有一句话我一开始就想跟你说了……"

李周木看着她粉色的耳根，柔软而透明，他想说"你认真学习的样子特别好看"，可是话到嘴边又变了："我又在你头发上扎小人了。"

年深深抬手摸上发梢，顺着撩下一只小小的纸蝴蝶，她小心翼翼地窝在手里，嘴上不饶人，说："你幼不幼稚啊，李周木！"

"在呢。"李周木说，"乖，快做题，不懂来问我。我的情敌我来打败。"

"你！"

小姑娘，我哪有真这么幼稚呢？好歹十七岁都快成年了，所有不成熟的小动作不过就想让你转过来看看我。

后来没几天李周木就没来学校了，有关他的传言最起码有十个版本，什么家道中落，什么身体抱恙。不过很快又被即将到来的高考压了下去。

日子一天一天地过去，一直到高考毕业，大家各奔东西。偶尔有人会想起那个问题学生李周木，但他们更关心的还是生活的琐事，没有人会专门在心底为一个人留一个位置。

就连年深深，名字在学校挂了几个月后，也如销声匿迹了一般。

年少的故事都是这样，遽料急景流年。一把火烧过来，就只剩下过往的废墟了。

有人喝醉了终于肯说心里话，无比惋惜道："啊，好想见见李周木啊，好歹是喜欢了三年的男孩子，还以为他今天也会来呢……"

"哇，你都结婚了吧，还想着红杏出墙吗！"

"我就看看啊！我现在可爱我老公啦！"

年深深坐在旁边一直浅浅地笑着，像是听着他们在说什么，又像是没听见。这会儿不小心抿了口酒，脸立马就烧了起来。

手机也是在这个时候响起来，深深吓了一跳，拿起来看了一眼，说："那你们接着玩，我先回去啦。"

"这么就回家了啊！不多玩一会儿吗？接下来还有别的活动呢！"有人挽留。

深深走到门口，说：“不啦，我先生来接我了。”

“哇，先生……你和你老公的称呼好温柔啊。”

深深一噎，刚刚想也没想就脱口而出了，这会儿有点不好意思了，说：“也只是偶尔这样叫，更多的时候肯定还是叫他的名字啊。”

“那他叫啥？”

“李周木。”深深回头看着身后缓缓停下来的车，脸上露出甜甜的笑意，依旧是十七岁的样子。

啥啥啥？众人错愕的表情还没有来得及收回来，只看见李周木从车上下来。

曾经那个校服外套搭在肩膀上，解开衬衣扣子满脸痞气的少年，如今西装革履，眉目间镀上成熟的韵味。

可是一直没有变的，是从始至终就那么一个女孩儿，在他眼里也在他心里，在他身边不离不弃。

年深深笑起来，介绍说：“我的先生，李周木。”

李周木走过来：“所以李太太，要陪李先生回家吗？”

小编有话说：

世界上最美好的事大概就是，你最喜欢的那个人，陪你走过青春，走向余生。年深深好幸运，陪在身旁的人，年年岁岁，都是他。

小花作者大爆料

你在什么时候会忽然喜欢一个人？

据说，当你喜欢上一个人的时候，
眼睛是自带GPS功能的，不管有多少人，总能在人群中一秒钟就锁定他，
还自带PS功能，自动美颜和光芒四射。

第一次看见他打球，觉得阳光下的汗珠都仿佛闪着金光的时候；
在集体列队的时候，视线永远不可控制地定位在他身上的时候；
无论他多忙，看到一个很好玩的东西，就立马和你分享的时候；
他坐了十几个小时的车，只为从远方赶来匆匆见你一面的时候……

怦怦怦，你好像……喜欢上他了。

荷尔蒙和多巴胺总是在不经意间调皮地相遇，让我们约上小花作者们，聊一聊她们在什么时候会忽然喜欢一个人？

晏生

大概是体育中考的时候，跑八百米，我落在那一组的最后，他和他一个发小站在警戒线外面一直在喊我的名字，给我加油。

我当时非常狼狈，可以想象自己满脸通红像只虾子，跑得上气不接下气感觉要死了，后来在他的加油声中坚持撑完后半程。

这只是非常普通的一件小事，我却一直清楚地记得他认真地喊加油和对我笑的样子，那时候，大概是动心了？

姜辜

好的，大家坐好，关于这个情感互动，姜老师准备结合自身来列个公式。

第一个要素，是眼动。比如说，那个人首先得在乌压压的一片中，让我看见他。至于为啥看见嘛，长得帅也行、带只狗也行、做些引人注目的行为也行……当然，丑得格外轰动可不行！

第二个要素，是心动。比如说，那个人拥有一些，非常戳中我的加分点：高高瘦瘦的、干干净净的，穿衣风格不错的，声音好听的，普通话标准的，打游戏时候技术比较突出素质又比较优秀的……基本就是能迷倒小女生的点，姜老师也格外不能免俗。

第三个要素，是肯定。这个应该就是所谓的内在美吧。比如，公交车上主动让座，对每一位提供帮助的服务员说“谢谢”，对问路的路人充满耐心，尊重社会的弱势群体等（对不起，我真的不是在选雷锋，但是我相信你们懂我的！）反正我这人呢，讲究一眼定生死，如果前两样让我觉得不可能有什么故事发生的话，我也压根不愿意了解人家的内在……

好的！念念叨叨有些多了。好！班长喊起立！下课！

狸子小姐

大概是，开学的第一天，外头下了两个月来的第一场雨，他穿着一件白色T恤，出现在教室门口，嘴角扬起一个好看的弧度，声音是难遇的温柔。

“同学，你好。”

那一刻，心不自在地停了半拍，便不再受控。

于是，很多年后的今天，回想起来，也依旧会心生羞怯。

是因为那天的天气正好，而他正好出现；是因为那句无意的问候，在心间变成了经意；是我的心正好有空，而他恰好闯了进来。

或许，又都不是。

因为是他，所以不管那天天气如何，不管那天他穿什么，不管他有没有打招呼，那个人都将是他。

鹿拾尔

列队跑操，他是前面班级最后一排个子最高的一个，而我的位置在我们班第一排，他恰好就在我正前方，我跑的每一步都像是踩在他踩过的脚步上。

运动会，跳远区域他的紫色运动服很显眼，而毫无运动细胞的我，鬼使神差地在旁边人群中默默围观。

课余时间，我去他们班找人，透过窗户看到他在有一下没一下地拍着篮球，我还没开口，他就主动过来问我找谁……

每次我看到他的时候，他都看到了我，并且会笑着跟我打招呼。

直到很久之后的某一天，他在上课铃声响起后，突然跑到我们班讲台前跟我表白——我喜欢你，做我女朋友好不好？

大概是，心动了。

野榈

我喜欢的人可是我的爱豆啊！！！

他在屏幕上深情唱歌的时候，在偶像剧里扮演搞笑角色的时候，在签售会上侧着身子听人说话的时候……

在那几年看起来光鲜亮丽前途似锦之前，为了生活，他可以一天打三份工，大夏天穿着人偶服装在广场上发传单。背包里每天都装着妈妈腌的咸菜，买一份白饭，喝三碗清汤，就是为了省钱还债……

十几岁的时候追星，没有想过会喜欢一个人长达十年的时光，看着他站在巅峰，然后沉寂，到现在接自己喜欢的戏、做自己想做的事，好像我没变他也没变。

祝他肩膀依然宽厚，怀里抱着的那个人真的爱你。

子非鱼

上学时有一节音乐课，教的是当时特别流行的电视剧《一起来看流星雨》里面的一首歌，叫《拾忆》，我被老师安排去讲台抄歌词。

我写字比较慢，课间只有十分钟，写到快上课了才抄了一半，结果同班一个男孩子 A 走进来，接过我的粉笔就开始唰唰唰写字，速度飞快。

他高我一截，我抢不赢……

A 低头看了我一眼，说：“矮子。”

他刚打完乒乓球，左手还拎着个黑红色球拍，大概是觉得拎着东西影响写字，就把球拍丢我手里了。

上课后，黑板两边的《拾忆》歌词是不同的字迹。当时就觉得，糟了，是心脏病发作的感觉！

（小声 bb：其实当时我在女生里不算矮，emmmm 现在倒是挺矮的……）

森木岛屿

异地。

我当时在 Y 市上跆拳道课，那天发生了点特殊情况，早上打电话给他的时候情绪不太好，后来晚上的课又发生变动推迟到七点半下课。

他那段时间也特别忙，工作原因到处出差，当天刚好路过 Y 市，一点多到高铁站，临时改了票放弃休息时间跑过来找我，然后在外边一直等了我近六个小时。我一推门出去就看见他买了晚餐在外边冲我招手，当时整个人瞬间泪崩。

傍晚去公园散步，小路很窄，我走在他后面，差点摔了一跤。从那以后两个人一起出去，每次他都让我走在他前面。

（朋友眼里很清冷的人，在只对你百般照顾的时候，真的无敌了……）

海殊

印象中唯一一次喜欢过的人还是初中同学，记忆里的男生长得特别白，是那种扔在男生堆里特别扎眼的存在。直接保送的学霸级人物，他当时坐过我前面的位置，某天突然回过头，一言不发地拿起我放在桌子上的手表看了一眼时间，当时内心的 OS 是：我去，手真漂亮！后来我暗搓搓将那块手表珍藏了许久，自那以后盯着他的后脑勺盯了整整一个学期，至今还记得他后颈位置的那几根白发。

嗯……后来我再也没有那么简单纯粹地喜欢过一个人。现在估计是老了，看一部剧喜欢上一个男人（汗）。

顺带说一下，最近刚刚看上了朱一龙老师的盛世美颜。

打伞的蘑菇

我和他隔着三四排的位置。

自习课的时候，同桌忽然戳我的手肘："嘿，他好像在看你啊！"

我看过去，猝不及防地对上他的视线。

可他说："你不看我，怎么知道我在看你？"还说，"我就是眼睛没地方放，暂时放在你身上而已。"

我看见他垂着头偷笑的时候，心动了动。

有一次去实验楼上课。

我在有些逼仄的楼梯上蹦蹦跳跳的，差点撞到头。

我好像听到他的声音，回过头，他的手虚搭在我的头顶，一直护着我。

我听到他有些无奈地说 “你怎么走路这么活泼”的时候，心又颤了下。

毕业很多年后，新年的时候班长召集了很多许久没见的人在河堤上放烟花。

劣质的烟花在头顶绽开，火星子掉下来，大家抱着头四处乱窜。

他站在我旁边，漫不经心地扔过来一件衣服兜住我。

我不用跑，从狭小的缝隙里，安然地看着落下的火星，像是看了一场流星雨。

我在什么时候会忽然喜欢一个人？
大概是，当我回答这个问题，
猛然发现，落笔就是他的时候。

❤ 恋爱日记 ❤

【我 在 什 么 时 候 忽 然 喜 欢 上 TA？】

图书在版编目（C I P）数据

你在什么时候会忽然喜欢一个人 / 小花作者著. --
贵阳 ：贵州人民出版社，2018.8
ISBN 978-7-221-14692-2

Ⅰ. ①你… Ⅱ. ①小… Ⅲ. ①短篇小说－小说集－
中
国－当代 Ⅳ. ①I247.7

中国版本图书馆CIP数据核字(2018)第172945号

你在什么时候会忽然喜欢一个人

小花作者 / 著

出 版 人：苏　桦
出版统筹：陈继光
选题策划：大鱼文化
责任编辑：唐　博
特约编辑：娄　薇　雪　人
装帧设计：孙欣瑞
封面绘制：蝉　羽
出版发行：贵州人民出版社（贵阳市观山湖区会展东路SOHO办公区A座
505081）
印　　刷：湖南凌宇纸品有限公司
开　　本：880×1230毫米 1/32
字　　数：203千字
印　　张：9.125
版　　次：2018年8月第1版
印　　次：2018年8月第1次印刷
书　　号：ISBN 978-7-221-14692-2
定　　价：35.80元